완벽한 치즈 만들기

완벽한 치즈 만들기

방현희 소설

교유서가

차례

완벽한 치즈 만들기

007

달팽이 요릿집에서 백 미터

033

로맨스 연구 1

067

로맨스 연구 2

103

해설 | 호모 파베르들의 커뮤니타스
윤재민(문학평론가)
156

작가의 말
163

완벽한 치즈 만들기

AI 판매 사이트 ABC전자에서 1년 넘게 키우고 있는 녀석이 있다. 태명을 '치즈'라 붙이고 애지중지 키우는 중이다. 오늘은 오른손 손가락에 관절과 디스크를 장착하고 얼마간의 윤활액을 주입했다. 오른손 엄지와 검지, 중지를 자연스럽게 사용할 수 있게 하는 데 또 몇 개월이 걸릴 판이다. 옵션 하나 추가하는 데 드는 돈이 자그마치 얼마야. 이거 뭐 몇 년 치 벌이를 쏟아붓는 건지. 이거 이거, 사람 하나 잉태해서 탄생시키는 것보다 훨씬 시간이 많이 걸리잖아. 투덜거려보지만 하는 수 있나. 매일 일과 후에 치즈를 키우러 들어와 녀석이 자라는 모습을 보는 것이 또 유일한 낙이기는 하니 말이다.

나는 40년 동안 치즈 케이크를 만들어온 장인이다. 염소 중 가장 좋은 유전자를 지닌 염소를 선별해 키우고, 젖을 짜고, 완벽한 지하창고에서 치즈를 숙성시키고, 그것으로 세계에서 가장 훌륭한 케이크를 만드는 유일한 원스톱 장인이라 할 수 있을 터인데, 후대가 없는 것이 가장 큰 걱정거리다. 인간종 중에서는 이제 아무도 치즈 따위를 만들려고 하지 않는다. 그렇다고 치즈 나부랭이를 먹지 않아도 된다는 인간은 또 없다. 문하생을 구한다는 광고를 여러 번 내보았지만 어느 한 놈 작업실 문을 두드리지 않았다. 하는 수 없이 AI 판매 사이트에 들어가 적당한 녀석으로 하나 구매하기로 한 것이 1년 전이다. 하지만 쉽지만은 않은 것이 원하는 타입의 제품들이 다양하게 구비되어 있는 편이 아니라는 점이다. 더구나 내가 필요로 하는 제품은 수요가 거의 없다보니 기본 제품에 염소우리 치우기, 염소 사료 적절히 배합하기, 무엇보다 중요한 염소젖 짜기, 치즈맛 감별하기 등의 능력을 옵션으로 추가해야 했다. AI 로봇이 학습 능력은 뛰어나지만 아직 몸을 자유롭게 쓸 정도로 발달하지 못한 상태라 손가락 각각의 적당한 탄력과 악력을 키우는데 거의 6개월이 걸렸다.

　AI 로봇시장이 한창 성장하는 중이라 용도에 따라 최적화된 제품이 시판되고 있었고 갈수록 더욱 정교한 제품들이 고안되고 있었다. 오래전에 예언했던 대로 번역용 AI 제품이 가장 먼저 팔리기 시작하더니 1.5세대부터 소설 쓰는 AI 로봇이 출시되어 소설시장을 꽉 잡고 있는 형국이었다. 처음 녀석들이 쓴 소설은 "가을 하늘이 높아지고, 싸늘한 바람이 불더니 비가 내려 마키의 슬픔이 깊어졌다" 따위의 문장으로 시작하는 등 유치하기 이를 데 없었지만 녀석들이 쓰는 소설이 궁금한 사람들은 이런 이야기 좀 써봐라, 저런 이야기 좀 써봐라 하며 응원을 보내곤 했다. 덕분에 그사이 진화를 거듭해 언어를 자유롭게 다룬다는 생성형 AI 소설가가 나온 요즘에는 미스터리 전문, 로맨스 전문, 역사소설 전문 등으로 세분화해 복잡한 줄거리까지 소화하고 있다고 했다.

실용품시장에서는 아기 돌보미를 비롯한 노인 돌보미, 심지어 아내 대용 AI 로봇은 수요가 공급을 따라가지 못할 정도로 인기가 높았다. 나는 특수 분야에 특화된 녀석이 필요했기 때문에 자기 분야에 관한 한 스스로 지식과 정보를 습득하는 능력을 디폴트로 옵션을 하나씩 얹어서 정밀한 제품을 만들었다. 현재까지 손가락과 몸을 정밀하게 움직이는 능력을 갖춘 것은 아내 대용 제품이 제일 나은 편이다. 집안일을 할 때 몸과 손이 얼마나 정교하게 맞물려 돌아가야 하는지, 이를테면 요리 하나만 하려 해도 재료를 씻어 칼질하랴, 접시를 닦아 행주로 훔치랴, 이 모든 행위가 단순해 보이지만 얼마나 많은 훈련을 거쳐야 하는지 알지 않는가. 그 모든 장점에도 불구하고 이 제품의 문제점은 살림살이에 최적화된 것이라는 점이다. 요리와 청소뿐 아니라 에어 샤워기가 고장났다든가, 배수관이 막

했다든가 하는 집안 곳곳을 정비하는 데는 탁월하지만 염소를 돌보고 커다란 치즈 덩어리를 만드는 데는 딱히 쓸모 있다고는 할 수 없었다.

오랜 고심 끝에 아이 돌보미용으로 선택하게 되었다. 제법 큰 사내아이들을 들고 씻기고 통제할 수 있는 듬직한 청년으로 선택했다. 집 나갈 때의 아들과 비슷한 크기였다.

인조인간을 육성하는 일이 어렵다 싶을 때마다 매일 싸우더라도 아들놈을 구슬려 어떻게든 가르쳤어야 했나 하는 후회를 하곤 했다. 알아들을 수 없는 곡이 문틈으로 흘러나올 때마다 저런 곡으로는 절대 대중을 사로잡을 수 없을 것이라고 속으로 투덜거릴지언정 적막한 집안보다는 나았을지도 모를 일이었다.

치즈의 왼손과 오른손의 조응이 만족할 만큼 정교해지자 업체 쪽에서 이제 그만 출생을 결정하라고 종용했다. 사람처럼 태어날 때가 되면 제 힘으로 밀고 내려오면 좋으련만 출생시켜도 적절한 때인지 확신할 수가 없어 이틀이나 망설였다. 그런데도 뭔가 당기는 것이 있다고 해야 하나. 인큐베이터에 다가가면 치즈가 나를 알아보고 미소를 지었다. 미소를 짓기 시작한 것은 한 달 남짓 되었는데, 눈을 맞추며 뭘 안다는 듯한 미소를 지은 것은 요 며칠 새였다.

기억한다. 내 인간 아들이 태어난 지 사흘 만에 미소를 지었던 것을. 눈을 맞추지는 못했지만 입꼬리가 보드라운 뺨을 밀고 올라가자 눈도 반달처럼 휘었다. 그때처럼 심장이 몹시 뛰었다. 인큐베이터 문을 열고 치즈에게 손을 내밀었다. 치즈가 내 손을 맞잡았다. 치즈의 손가락 1, 2, 3, 4, 5번 모두 고르게 악력이 느껴졌다. 악력뿐인가, 촉감까지 느껴졌다. 누군가를 처음 만나 손을 잡아보면 알 수 있지 않은가. 상대의 손아귀가 주는 정보가 적지 않다는 것을. 치즈의 손아귀에서 뭔가가 느껴졌고 그것은 또 뭔가를 기대하게 만들었다. 나는 마주잡은 손을 지그시 잡아당겼다. 치즈가 발을 떼고 인큐베이터에서 나왔다. 아름다웠다. 스무 살에 내 집을 떠난 아들처럼.

차를 운전해 집으로 오는 동안 나는 틈만 나면 옆에 앉은 치즈를 흘깃거렸다. 치즈도 돌아보며 나에게 웃어주었다. 치즈는 보기만 해도 좋았다. 다시 돌아오지 않는 아들보다 훨씬 잘생긴 듯했다. ABC전자에서 눈, 코, 입이며 골격을 붕어빵 찍어내듯 만들어냈지만 1년 6개월 동안 매일 보며 옵션 추가하고 훈련했더니 녀석 얼굴이 나를 닮아갔다. ABC전자 사장이 치즈를 떠나보내며 아빠 말씀 잘 듣고 훌륭한 사람이 되어라라고 했는데, 치즈는 네 하며 모범생처럼 단정하게 손을 흔들었다.

*

염소란 어떤 짐승인지, 좋은 염소는 어떻게 생긴 놈인지, 염소젖은 어떻게 짜는지 A부터 Z까지 가르쳐야 하는데, 이걸 어쩌나. 키만 훌쩍 큰 어린아이를 데리고 있는 느낌이었다. 치즈는 내 손을 잡고 따라다녔다. 왜 내 손을 이렇게 오래 잡고 있는지는 알 수 없었지만 내가 유독 손의 활용도에 중점을 두었던 것을 생각하면 녀석 역시 자기 손이 몹시 중요한 역할을 하리라는 사실을 알고 있을지도 몰랐다. 인큐베이터에서 키우는 동안 꼼꼼하게 교육과정을 입력했다고는 하지만 이론은 이론일 뿐 염소우리라는 것조차 처음 본 치즈였다. 자, 우리가 돌봐야 할 염소들이야 하고 치즈를 돌아보았더니 치즈는 염소를 보는 것이 아니라 나를 바라보며 다정한 미소를 지었다. 아내 대용 AI 로봇에게서도 느껴보지 못했던 감정이 가슴 가득 채워졌다.

치즈는 완벽한 치즈를 만들기 위해 키운 녀석이지 데리고 놀기 위해 키운 것이 아니라는 사실을 잊어서는 안 되었다. 서둘러 감정을 정리하고 4, 5개월짜리 염소 두 마리가 뿔도 없는 머리를 서로 비비며 힘겨루기하는 모습을 가리켰다. 치즈가 돌보아야 할 동물은 개도, 소도, 고양이도 아닌 염소였다. 염소는 수틀리면 주인도 받아버리는 동물이었다. 치즈는 내 손가락을 따라 염소들을 바라보았다. 어찌나 고분고분하게 잘 따르는지 사람 아들과는 차이가 많이 나는구나 싶었다.

완벽한 치즈 케이크를 만들려면 우선 잘생긴 염소가 있어야 한다.

흔한 젖소의 젖으로 만든 치즈는 완벽한 치즈 케이크의 필요충분조건을 만족시키지 못한다. 최고의 염소를 보유한 농장이 있으니 첫번째 조건을 충족시킬 여건은 갖추었다고 볼 수 있었다. 이제 풀밭에서 풀을 뜯고 있는 녀석들 사이에서 가장 잘생긴 염소를 골라야 한다. 잘생긴 염소로서의 조건을 완벽하게 갖춘 녀석을 말한다. 우선 시각적으로 가장 염소다워야 한다. 수많은 염소를 둘러보면 그중에서 눈에 띄는 놈이 있게 마련이다. 나머지 모든 염소와는 달리 태생적인 자부심과 도도함이 몸에 배어 있는 녀석으로 온몸이 눈덩이처럼 새하얗고, 몸무게는 정확히 50킬로그램이어야 하며, 머리는 쐐기꼴이고, 새하얀 이마는 흠집 하나 없이 멀끔해야 한다. 뿔과 뿔 사이의 간격은 성인이 두 손으로 움켜쥐기에 알맞아야 하며, 두 눈은 염소 특유의 고집스러움이 응축되어 있어야 하고, 특히 유방이 발달해 있어야 한다. 등허리는 등허리인가 싶으면 궁둥이구나 싶게 짧아야 한다. 뭉뚝하고 단단한 궁둥이만 보아도 염소구나 하고 알아차릴 정도는 되어야 하는데, 조금 부족하다 싶으면 뜯어놓은 빗자루같이 성긴 꼬랑지가 있으면 최상급이다. 동물들 중에서도 꼬랑지가 가장 형편없는, 그런 꼬랑지를 가진 염소가 잘생긴 염소다.

알아들었니? 치즈에게 물었다. 치즈는 여전히 다정하면서도 든든한 미소를 지으며 고개를 끄덕였다. 정말 잘 알아들었을까 싶었지만 조금 뒤에 알게 되겠지 하며 교육을 이어갔다.

외모는 그만하면 되었고, 두번째로 성질을 보아야 한다. 귀엽다고 함부로 손을 내밀어 쓰다듬거나, 심지어 덥석 안으려했다가는 언제, 어떻게 염소의 기분을 상하게 할지 모르는데, 이때가 염소의 등급을 알아낼 수 있는 절호의 기회다. 기분을 거스르는 사람이나 염소를 보고 상대를 배려해 눈을 내리깔거나 등을 보이며 자리를 피하면 좋은 성품의 염소가 아니다. 기분이 상했다 싶으면 앞뒤 가리지 않고 뿔을 들이대며 달려드는 염소가 상급에 속한다. 무리 중에서 눈에 띄게 잘생긴 염소는 무엇보다 그 뿔에서 드러난다. 등을 향해 아름다운 곡선을 뽐내며 흐르듯 자란 누런 뿔은 영양 상태는 물론이고, 무리 중에서 가장 힘센 놈이 누구인지, 가장 우월한 유전자를 지닌 놈이 누구인지를 말해주는 지표다. 그러나 뿔은 수컷이 아니라면 일상생활에서 그다지 쓸모가 있는 것이 아니다. 대개 사료를 먹을 때 주둥이를 바짝 들이미는 친구 염소라든가, 제 새끼를 건드리는 아저씨 염소나 예의 없는 사람에게 들이대는 일에나 쓰이곤 한다. 그러므로 제 몫을 잘 지키는 염소인지도 보아야 한다.

염소는 아무 때나 울지 않는다. 염소는 대개 침묵하는 동물이다. 의외로 고독에 강하며 무리 지어 있으나 옆에서 무슨 짓을 하든 신경쓰지 않는 존재들이다. 그러므로 마지막으로 잘

생긴데다 침묵에 강하고 고독 따위는 아무렇지 않게 여기는 염소를 고르면 분명 젖이 실하게 나올 확률이 크다. 이런 염소 한 무리가 치즈를 기다리고 있었다. 기초 교육은 이제 마지막 한 가지만 남았다.

치즈야, 네가 한번 골라봐라.

말이 끝나기가 무섭게 치즈는 성큼성큼 염소우리로 들어가 한 마리를 가리켰다. 내가 염두에 두고 있던 바로 그 녀석이었다. 치즈에게 녀석을 안아 들게 했다. 치즈는 내 손을 놓고 염소를 안았다. 애정이 듬뿍 담긴, 사람의 품과 다르지 않아 보였다. 염소는 치즈의 턱을 한 번 올려다보고는 편안히 자리를 잡았다. 치즈가 염소를 어떻게 다루는지 알아보려는 테스트였다. 어쩐 일인지 염소는 처음 보는 치즈에게 아무런 반항도 하지 않고 몸을 내주었다. 두번째 테스트인 셈이었다. 치즈는 한 번에 두 가지 테스트를 통과했다. AI 로봇의 피부는 사람 피부와 다르지 않았다. 피부를 걷어내면 정밀한 기계일 테지만 피부가 있는 한 적당한 기름기와 적당한 땀이 밴 사람 손이나 매한가지였다. 녀석을 씨염소 우리에 넣었다.

*

치즈는 염소를 잘 돌보기만 하는 것이 아니었다. 치즈는 스무 살에 집을 나가 다시 돌아오지 않는 아들이 쓰던 방을 썼다. 아들이 입던 옷을 입고도 아무런 불평을 하지 않았고 아들이 신던 운동화를 신고도 잘 걸어다녔다. 루틴을 어기지 않았다. 밤늦게까지 작곡을 했다는 이유로 오후 서너 시가 되어야 더러운 냄새를 풍기며 방에서 나오는 아들과는 달랐다. 치즈는 아침에 일어나면 지체하지 않고 침실에서 나와 식탁에 앉아 있는 나에게 싱긋 웃어주고 곧장 염소우리로 향했다. 나는 가장 맛있는 치즈를 꺼내 토스트에 얹어먹다 말고 싱그러운 미소에 같이 미소 짓다가 가슴이 철렁 내려앉았다. 뒷모습이 아들과 꼭 같았다. 영영 돌아오지 않는 아들을 닮은 치즈를 바라보는 마음이 매번 좋지만은 않았다. 두 번에 한 번은 미적지근한 슬픔을 안겨주었다.

아들의 작곡 실력은 신통치 않았다. 선은 스무 살이 되자 집을 뛰쳐나갔다. 멀리 가지 않았다. 길 건너 작곡가의 아들이 되다시피 하여 3년을 지냈다. 길 건너 후줄근한 남자가 작곡가였다는 사실도 뒤늦게 알았다. 작곡가는 젊어 한때 서너 곡으로 이름을 알렸다고 했다. 지금은 곡을 쓰지 않기에 그를 작곡가라 불러야 할지 알 수 없었다. 그는 아들의 곡을 한 번 듣고는 탄식을 쏟아냈다. "아, 내가 꼭 쓰고 싶었던 곡이다. 내 너를 반드시 세계를 들었다 놨다 하는 작곡가로 키우고 말리라." 그는 포부를 밝히며 남은 생애는 후학을 기르는 보람으로 살고 싶다고 했다.

아들은 나에게 눈시울을 붉히며 당신은 아비의 자격이 없다고 했다. 나에게 쏟아부을 말을 고르는 동안 흰자위는 거미줄처럼 충혈되어 금방이라도 핏줄이 터질 듯했다. 아들이 입을 열면 피눈물을 흘리며 나를 원망하고 저주할 것만 같았다.

나는 아들의 눈을 바로 볼 수 없었지만 그냥 이대로 물러설 수도 없었다. 시선을 내리깔고 발밑을 보며 조곤조곤 말했다. 세상이 아무리 변해도 인간은 땅을 밟고 밥이 나오는 일을 해야 한다고, 이거 보라고, 세상의 많은 직업이 없어지고 새로 생겼지만 요리사만큼은 굳건하지 않냐고 했다. 아들은 피눈물을 삼키며 말했다. "그렇게 따지면 작곡가도 없어지지 않았습니다. 그까짓 10년도 기다려주지 못하는 당신을 아버지라 부를 수 없습니다." 아들은 그렇게 말하고 집을 나갔다. 아들에게 꼭 내 직업을 물려주려던 것은 아니었다. 대개 아버지들은 아들의 능력과 한계가 눈에 확연히 보인다고 한다. 대단한 놈이 아니니 공연히 헛바람 들지 말고 네가 할 수 있는 일을 하라는 것이었다.

치즈를 만드는 일과 작곡을 하는 일 중 그 애가 잘 해낼 수 있는 것이 무엇일지 궁금했을 뿐이다. 10년을 꼭 채우고 결과가 나와보아야 아는 것은 아니지 않은가. 녀석이 원하는 대로 기다려주면 10년이 뭔가, 20년, 30년도 모자랐을 것이다. 내가 잘못한 점이 있다면 너무 일찍 그 사실을 말해버린 일인지도 모른다. 아들과 아버지 관계라지만 남자와 남자 사이에는 불문율이 있다. 마지막 자존심을 건드리면 그 관계는 끝이라는 것을. 아무리 호의라 해도, 아무리 충언이라 해도, 아무리 도움이 되는 말이라 해도.

선은 작곡가와 아비 자식처럼 친밀하게, 창작자들만의 교감을 나누며 지냈다. 선은 오가며 마주쳐도 나를 알은척하지 않았지만 작곡가는 두 사람이 어떤 대화를 나누고 어떻게 생활하는지 말하러 두어 번 내 집에 들렀다.

아들이 물었다고 했다. 슬럼프에 빠지면 어떻게 하시나요. 곡 작업이 3분의 1쯤 진행됐는데, 어느 날 아침 눈 떠보니 모든 게 의미 없어지고 뭘 작업하고 있었는지도 모르겠을 때는요. 작곡가는 누구나 다 그렇다고, 모든 사람이 어느 날은 일이 잘 되고, 어느 날은 손가락 하나 까딱할 수 없는 날이 있다고, 그런 날은 전혀 다른 일을 해보는 것도 좋다고 했다고 했다. 선이 비아냥거리는 말투로 대답했단다. 이를테면 염소젖을 짜는 일요? 그래서 고개를 끄덕여주었다고 했다. 뭐, 그것도 나쁘지 않지. 그렇지만 또다른 일에 빠져볼 수도 있지. 도시 밖에 나가 이방인들과 어울려보는 것도 있지. 그 말이 끝나기가 무섭게 선이 발딱 일어나 가방 하나 메고 여행을 떠났다고, 그 이야기를 전하러 왔다고 했다. 그러고 보니 작곡가도 선의 눈치를 보는 모양이었다. 선이 없을 때 찾아오다니.

10대였던 선이 나에게도 그렇게 물은 적이 있었다. 밤을 새우고도 아침에 잠들지 못했다면서 오후 6시가 다 되어 방에서 기신기신 기어나온 주제에 소파에 털썩 주저앉더니 테이블에 발을 떡 올리고 한다는 말이 주제가 서로 다른 곡이 한꺼번에 머릿속에서 달린다고, 이런 것이 딜레마라는 것이냐고 중얼거렸다. 내가 그 발 좀 치우라고 손짓하며 말했다. 그런 건 분열이라고 하지, 갈등도 아니고 딜레마도 아니야.

그때 일을 떠올리며 작곡가에게 말했다.

모든 사람이 슬럼프를 겪다니요. 루틴이 있는 일은 그런 일이 없습니다. 루틴을 하고 싶다고 하고, 하기 싫다고 안 할 수 있나요. 배부른 소리죠. 세상을 모르거나요.

작곡가가 두 손을 가볍게 비비며 대답했다.

스무 살에 세상을 알 수 있나요. 저는 오십이 넘어도 자신조차 모르겠던데요.

나는 작곡가를 힐긋 흘겨보았다. 그러니까 세상 허황되게 아직도 꿈을 좇지라고 말하고 싶었으나 꾹 눌렀다. 작곡가도 나를 한번 흘깃 훔쳐보았다. 그러고는 입가에 교양 있는 미소를 띠고 말했다.

선이 만든 곡은 들어보셨어요?

나는 그럼 그걸 말이라고 하냐는 듯 불만 가득한 표정을 지었다. 매일 듣는 것이 그놈의 음악 아니었나. 방음시설한 작업실 밖으로 웅웅, 둥둥 들려오는 그 소리를 매일 들었는데, 무슨 새삼스러운 말씀을. 작곡가는 두 손으로 의자의 팔걸이를 살짝 두들겨 이제 일어나겠다는 신호를 보냈다.

한번 꼭 들어보세요. 하고 싶은 말이 참 많은 것 같습니다.

하고 싶은 말을 하는 게 음악이냐? 음악을 만들고 싶어하는 것이 아니었어? 하고 싶은 말을 하려면 글을 써야 하는 거 아니야? 맛있는 치즈를 먹고 싶으니 염소를 기르고 젖을 짜는 것처럼.

나는 돌아가는 작곡가의 등에 대고 퉁명스럽게 말했다.

하고 싶다는 말 다 하고 살 수 있습니까? 그리고 그런 걸 적절하게 걸러서 음악답게 표현하도록 가르치는 게 선생 아닙니까?

작곡가가 뒤를 반쯤 돌아보고 고개를 끄덕였다.

하하, 네, 그렇죠. 제가 할일이죠.

나는 그가 그렇게 가버리기를 원치 않았다. 무엇이든 좋으니 더 이야기해주기를 바랐다. 아비를 욕하고, 원망하고, 증오한다는 말이라도 좋았다. 그 말에 변명하고, 같이 욕하고, 나도 증오한다고 말할지언정 아들의 말을 전해듣고 싶었다. 만들다가 말았다는 곡을 왜 당신이 도와주지 않느냐고 묻고 싶었다. 그냥 지켜보기만 할 것이면 왜 너의 집에서 살아야 하느냐고도 따지고 싶었다. 당신이 할일은 다정한 아비 노릇이 아니라 훌륭한 선생 노릇이라고 단단히 가르쳐주고 싶었다.

그러나 나는 그의 뒷모습을 끝까지 지켜보지 못하고 염소 우리로 돌아왔다. 가장 완벽한 염소의 뿔을 붙잡고 그 이마에 입을 맞추었다. 새하얗고 좁은 이마, 몰두해 있는 고집스러운 눈동자. 염소는 염소니까 고집을 받아주었다. 아들은 아들이니까 염소 같지 않아야 했다. 완벽한 염소는 내 눈을 지그시 바라보았다. 새하얀 이마, 고집스러운 눈. 입술을 들어 매 하고 울려다가 만다. 염소는 염소다워야 아름답다.

아들이 의기 가득해 도시 밖에서 돌아왔다고, 새로운 체험을 열광적으로 곡에 쏟아붓고 있다고 전해주기를 바라며 호시탐탐 길 건넛집을 엿보았다. 하지만 아들이 돌아왔다는 소식은 들리지 않았다. 더불어 작곡가도 집을 떠났다고 했다. 처음에는 음악의 도시로 갔다고 했다. 3년이 지나자 두 사람이 세계의 밖으로 나갔다는 말이 들렸다.

*

완벽한 치즈 케이크를 만들기 위해서는 잘생긴 염소가 새끼를 배야 한다. 몸무게가 갑자기 65킬로그램으로 늘어나고 바야흐로 젖이 투실투실하게 불어야 한다. 아기 염소가 태어난 뒤에야 엄마 젖이 나오게 되는데, 아무 때나 젖을 짜겠다고 덤벼들었다가는 발길에 걷어차이기 십상이다. 더구나 젖을 짜러 우리로 들어가 젖은 짜지도 않고 아기 염소에게 혼이 팔려 미치게 귀엽다고 아기 염소를 함부로 만졌다가는 엄마 염소 뿔에 받히고 마니 아무리 귀여워도 마음속으로만 좋아하거나 조용히 팔짝팔짝 뛰거나 아이, 귀여워라는 소리를 할망정 함부로 손을 내밀거나 만지려는 행동은 각별히 조심해야 한다.

아기 염소와 노닥거리는 짓은 그만두고 이제 염소젖을 짜

야 한다. 무엇을 하러 염소우리에 들어왔는지 목적을 잊어서
는 안 된다. 산지사방으로 날아다니는 상상의 비약을 다독거
려 염소의 젖무덤에 모든 시선을 집중해야 한다. 염소의 다리
사이에서 실하게 부풀어가는 젖무덤을 지켜보며 이제나저제
나 젖이 뚝뚝 떨어질 때를 기다려야 한다. 마침내 그 시간이 되
면 길게 자란 젖꼭지를 염소의 화를 돋우지 않고 어떻게 두 손
으로 움켜쥘 것인가를 궁리해야 한다. 어찌어찌 두 손으로 움
켜쥔 뒤에도 아기 염소가 호흡과 호흡 사이에 젖을 빨듯 강약
중강약, 리듬을 타며 짜야 한다. 자칫 방심하고 빨리 젖을 받을
욕심에 막 쥐어짜다가는 뒷발질에 채이고 조금이나마 받아놓
은 우유 그릇마저 뒤집힐 공산이 크다.

치즈야, 완벽한 엄마 염소에게서 젖을 짜오거라.

치즈는 아침 루틴을 완결하고 싱긋 미소 짓고는 엄마 염소
에게 갔다.

치즈가 염소우리로 들어간 지 얼마 되지 않아 소란이 벌어
졌다. 염소들이 미친 듯이 울어대는 소리가 들렸다. 무슨 일인
가 싶어 달려갔더니 치즈가 나동그라진 채 염소들의 뒷발에
밟히고 차이고 있었다. 그런데 치즈는 아랑곳하지 않고 몸을
반쯤 일으키자마자 엄마 염소의 젖을 잡아당겼다. 염소는 거
세게 울며 죽어라 뒷발질했다. 다른 염소들도 몰려들어 우왕
좌왕하며 서로 부딪치고 넘어지고 난리였다. 무슨 일인가 둘

러보았더니 치즈가 앉아서 젖을 짜려고 갖고 들어간 작은 깔개 의자에 염소들이 서로 올라가려고 몰려들었던 모양이다. 염소들은 원래 올라갈 수 있는 곳이면 벼랑도 타고 올라간다. 다들 달려들어 손바닥만한 깔개 위로 올라가려고 서로 밀치고 밀리고 떨어졌다. 엄마 염소도 치즈에게 젖을 잡히자마자 깔개에 올라가려고 뛰다가 이 사달이 난 것이었다. 치즈는 우리 바닥에 뒹굴면서도 미소를 잃지 않았다. 치즈는 오늘 하루치의 목표를 달성하기 위해 엄마 염소의 젖을 잡아당겼다. 엄마 염소는 자지러지게 울며 뒷발로 치즈를 걷어찼다.

염소와 치즈는 지푸라기와 진흙, 젖을 뒤집어쓴 채 씨름을 끝내려 하지 않았다. 망설였다. 먼저 염소를 치즈에게서 떼어내야 할지, 치즈의 두 손을 잡아 일으켜야 할지 선뜻 나서지 못했다. 결국 치즈를 달래 우리에서 나왔지만 놀란 염소를 다독거리는 것이 먼저였다는 생각이 떠나지 않았다. 치즈를 욕실로 데려가 씻게 한 뒤 옷 갈아입고 여기서 나를 기다려라 하고 염소에게 갔다.

염소는 나를 보자 자지러지게 울며 도망쳤다. 젖을 짜러 간 것이 아니라 안정시켜주러 간 것인데, 염소들 뒤로 파고들어가며 울었다. 당분간 젖을 짜기는 틀렸다. 염소는 자기 새끼에게도 젖을 먹이지 않을 것이다. 새끼는 배가 고파 울 테고 엄마 염소는 놀란 가슴을 벌렁거리며 아무도 곁에 오지 못하게 할 것이다. 젖은 불어터질 것이고 염소는 아파서 밤새 울 것이다.

치즈와 염소 둘 중 누가 더 가슴을 아프게 했는지 곰곰이 생각했다. 치즈는 상냥하고 다정하게 젖을 짜려고 했을 뿐이고 염소는 불어터진 젖을 덜렁거리며 깔개 위에 올라가고 싶었을 뿐이다. 염소는 본능을 따랐을 뿐이고 치즈는 몸은 스무 살이지만 태어난 지 겨우 몇 달 된 아이였다. 내 잘못이라면 예상치 못한 사고가 이렇게 빨리 일어나리라고 예측하지 못한 것뿐이었다.

선을 잃어버린 적이 있었다. 열두 살 때쯤인가. 다 자란 아이라 생각했다. 학교에서 돌아오는 길을 잃으리라고는 생각지도 못했다. 실종신고를 했다. 경찰이 영내를 다 뒤지고 다녔지만 끝내 선을 찾지 못했다. 일주일이 지나자 경찰은 수사를 마무리했다. 경찰 한 사람이 친절하게 설명했다. 미제 사건으로 분류해놓았지만 수사를 안 하는 것은 아니니 경찰을 원망하지 말라고 했다. 아동 실종 사건은 보통 사흘 안에 찾지 못하면 영구적으로 못 찾는 경우가 많고 찾는다고 해도 시신으로 발견되는 경우가 많으니 차라리 어딘가에 살아 있을 것이라 여기라고 했다. 그걸 말이라고 하느냐며 경찰서를 뒤집어놓고 나왔다.

열흘을 넘기고 선이 돌아왔다. 옷을 갈아입기는커녕 제대로 먹지도 못한 몰골이었다. 선을 보자마자 불같이 화를 냈다. 아니, 화를 낸 것은 아니지만 활짝 웃지 않은 것만은 분명했다. 집에 돌아온 아이를 보자마자 양팔을 붙들고 어디에서 무엇을 하다 왔느냐고 물었다. 반가워하며 덥석 안아주지 않았다. 그랬어야 했다고 후회했지만 무슨 일이 있었던 것인지 얼마나 궁금했겠나. 밤을 새워서라도 자초지종을 듣고 싶었다. 묻고 또 물었다. 하지만 선은 입을 다물었다. 아이가 돌아왔는데, 어찌 된 일인지 더욱 미칠 것 같았다. 설마 열두 살짜리가 가출을 했던 것일까? 너 혹시 집을 나갔던 것이냐? 하고 속으로 수없이 물었지만 선에게는 직접 물을 수가 없었다. 그랬다고 하면 뺨을 후려칠 것 같았다. 하룻밤을 꾹꾹 눌러 가라앉히고 다시는 그 일을 묻지 않았다.

*

치즈에게 당분간 엄마 염소 근처에는 얼씬도 하지 말라고 일러놓았다. 염소가 날뛰기 시작하면 바로 그 자리를 피하라고 했다. 그리고 나에게 와서 말해다오, 염소가 화가 났다고 말이다. 치즈는 고개를 끄덕이며 복습했다.

염소가 화가 나서 날뛴다, 그러면 뒤돌아서 우리를 나온다, 아빠에게 보고한다.

그래, 그래, 그렇게 하면 돼. 염소는 예민하거든, 친해진 것 같아도 마음을 놓을 수 없단다. 염소가 화를 내면 거리를 두고 다른 일을 하면 돼. 하지만 염소에게서 마음이 멀어져도 안 된단다. 잊어버리기를 원하는 건 아니거든.

치즈는 내 말에 차분히 눈을 맞췄다. 다 알아들은 것 같지는 않은데, 다 알아들은 표정이었다. 그래, 못 알아들었으면 다시 말해주면 되지. 엉덩이를 다독거리며 방으로 들여보냈다.

치즈의 방에 들어가보았다. 치즈는 낮에 있었던 일을 깨끗이 잊었는지 입가에 미소를 짓고 쌔근쌔근 자고 있었다. 조심스럽게 닫을 필요가 없는데도 방문을 조심스럽게 닫고 나왔다. 아들이 자고 있을 때 들어가본 적이 있었나 하는 생각이 들었다. 선은 항상 나보다 늦게 자고 늦게 일어났다. 자는 모습을 볼 일이 없었구나 싶었다.

작곡가가 두번째 왔을 때 그는 나에게 전혀 들은 적이 없는 이야기를 했다.

선이 이방인들의 구역에 갔던 얘기를 한 적이 있나요?

이 양반이 무슨 소리를 하나, 걔가 언제 거기를 갔다고. 나는 대답하지 않았다. 모르는 일이니까 구태여 모릅니다 할 필요가 없었다.

너무 어렸을 때라 어떻게 그 애들과 어울리게 되었는지는 모른다고, 그냥 학교 가기 싫어서 여기저기 쏘다니다가 만났다고 하더군요.

이게 무슨 소리인가 싶어서, 그러나 뭔가 짚이는 데가 있어서 내 얼굴은 점점 굳어지고 저절로 작곡가를 노려보게 되었다.

이방의 아이들 중에는 선을 놀리는 애도 있었고 옷자락을 끌어당기며 가까워지고 싶어하는 애도 있었다고 했어요. 어떻게 하면 아이들과 더 친해질 수 있을까 궁리하다가 노래를 불러줬다고 합니다. 선은 그때 이미 노래를 만들곤 했던가 봅니다. 이방인들에게는 노래든 영화든 한발 늦게 전해지잖습니까. 도시에서 유행하는 새로운 노래인가 싶어 아이들이 너무나 좋아하더랍니다. 아이들에게 자신이 만든 노래를 가르쳐주고 함께 부르며 하루 지나고, 이틀 지나고 그렇게 꿈결 같은 열흘을 보냈답디다. 그런데 좋기만 한 건 아니었다고요. 며칠 지나니까 그렇게도 아버지가 그리웠답니다. 아버지에게도 노래를 불러주고 싶었답니다. 아버지가 노래를 듣고 웃을 수도 있겠다고, 빨리 아버지에게 가야겠다고 뛰어나왔답니다. 가지 말라고 붙잡는 애들에게 금방 다시 오겠다 하고 말입니다. 아마 그때의 약속을 지키기 위해 도시를 떠난 것이 아닌가 싶습니다.

작곡가는 의자의 팔걸이를 톡톡 두드리고는 일어설 채비를 했다.

이런 얘기는 들은 적 없지 싶어서 전해드립니다.

나는 아무 대답도 하지 못했다. 녀석은 왜 그런 일이 있었다고 말하지 않았는지 머릿속이 복잡했다. 내가 뺨을 한 대 올려붙일까봐 그랬을까. 왜 나에게는 노래를 불러주지 않았단 말인가. 웃어주지는 않았을지도 모르지만 무심히 들어줄 수는 있었을 텐데.

아들이 나에게는 일언반구 그런 말을 하지 않았다며 화를 내면 작곡가가 아주 안 올 것 같아 아무 말도 하지 못했다. 문을 나서며 가볍게 목례하는 작곡가 선생한테 보이지 않을 만큼 고개를 숙였다.

*

루틴을 성실하게 이행하는 치즈를 물끄러미 바라본다. 나와 눈이 마주칠 때만 미소 짓는 것이 아니다. 치즈는 항상 미소를 입에 머금고 있다. 염소를 부를 때도 다정하다. 염소가 다가오면 더없이 다정하게 손을 내민다. 무뚝뚝하게 눈을 맞추지도 않는 선의 얼굴을 보는 것보다 치즈를 보는 것이 평안하다. 아직은 가르칠 것도 많고 함께 할일도 많아 치즈와 있는 시간이 즐겁기도 하다. 그런가 하면 아들과 사사건건 의견이 맞설 때마다 피곤하기도 하지만 그것이 또 생기를 주기도 했지 싶다.

나는 아직도 궁금하다. 작곡가가 선에게서 감지했다는 능력은 진실인 것일까. 아니, 능력을 감지했다는 것은 진실일까. 두 사람에게서는 아무 소식도 들려오지 않았다. 생사조차 불분명하다. 나는 가끔 그들을 떠올릴 때면 두 사람이 먼 세상 가장자리를 병풍처럼 두른 산맥을 걷고 있는 것을 본다. 산맥 아래에서는 염소들이 풀을 뜯다가 저녁이면 떼 지어 우리 안으로 들어가 젖을 제공하고, 다음 날 아침이면 루틴에 따라 조르르 우리에서 나와 너른 들판에 흩어져 평화롭게 풀을 뜯는

다. 그사이 서늘한 지하 동굴에서는 꼬순내 나는 치즈들이 숙
성해가고.

• 젖을 생산하는 염소는 유산양으로 불린다. 소설에서는 편의상 염소라고 썼다. 신
  이 내린 치즈는 염소젖으로 만든다고 한다.

달팽이 요릿집에서 백 미터

*

    어떤 남자가 밤마다 운다면 어떨 거 같아? 덩치는 크고, 눈은 부리부리하며, 코는 굵직하고, 입술도 두툼한 남자가 그 큰 덩치를 웅송그리고 밤마다 숨이 막힐 것처럼 운다면, 그 모습을 보는 여자는 저절로 마음이 아프겠지? 옆에 앉아 등을 다독여주고 싶을 거야. 그런데 그게 한 달이 넘고 두 달이 넘어가면, 어떨 거 같아?

*

    달팽이 요리를 하는 남자는 어때? 아, 물론 프랑스에서 고급 요리에 속한다는 달팽이 요리를 말하는 게 아니야. 그런 달팽이는 우리 주위에서 쉽게 볼 수 없잖아. 네가 알고 있는, 집을 짊어지고 다니는 달팽이 따위는 깨끗이 잊어버려. 비 오는 날 일제히 풀숲으로 기어나오는 민달팽이로 끓인 수프니까.

독일에서 유학하고 있던 그는 어느 날 비가 막 갠 뒤에 산책을 나갔어. 학위 논문은 몇 년째 진척 없이 제자리였고 그 어떤 희망도 없었기에 집으로 돌아가야 하는지, 더 버텨야 하는지 그 생각밖에 없었고 이제는 돌아갈 경비를 보내달라고 집에 전화하는 일만 남은 그런 시점이었지. 비가 걷힌 초가을의 숲길을 걸었어. 청량한 습기가 온몸에 감기는 느낌에 그는 잠시 행복했지. 그런데 배가 너무 고파온 거야. 전날 아침부터 먹은 거라고는 자몽주스밖에 없었고, 그나마 새벽에 바닥이 났다는군.

가볍게 숲길을 걷다보니 젖은 나무 이파리에 굵직굵직한 달팽이들이 기어다니더라는 거야. 며칠 전에 선배가 사준 달팽이 요리가 생각났고, 그는 주위를 뒤져 뭔가 담을 용기를 찾았지. 우연찮게 소풍 왔던 사람이 버리고 간 듯한 봉지를 발견했고 당연하게 달팽이를 주워 집으로 가져왔다고 해. 그는 냄비를 꺼내 물을 조금 부은 뒤에 달팽이를 던져넣었지. 아, 그전에 달팽이들을 흐르는 물에 살짝 씻었고. 달팽이들은 냄비 속에서 자연스럽게 움직였어. 헤엄치더라나. 그는 물이 끓기 전에 뚜껑을 덮고 양념을 꺼냈어. 소금, 후추, 혹시 모르니까 시럽.

그뒤로 그는 민달팽이 비슷한 것만 봐도 연민을 느낀다더군. 그 말을 듣고 의아했어. 마치 사마귀를 보고 연민을 느낀다는 말만큼이나 쉽지 않았지. 그러니까 내가 말하고자 하는 요지는 조금쯤 고상하게 여겨지는 달팽이가 아니라 다소 징그럽게 느껴지는 민달팽이라는 거야. 그거 참, 이상한 일이지. 그는 외모로 봐서는 전혀 그렇지 않은데 말이야. 그 커다란 사람이 민달팽이에게 연민을 느낀다니.

*

날씨가 좋지 않았어. 비는 그쳤지만 그리 썩 개운하게 그친 날은 아니었어. 온도도, 습도도 그만그만한 그런 날이었지. 삼색 고양이를 따라간 것은 아니야. 커피하우스에 가는 길이었을 뿐이지. 삼색 고양이가 가뿐하게 물웅덩이를 뛰어넘었을 때 나는 유리문을 열고 움츠렸던 어깨를 폈어.

웬일인지 따끈하고 달콤한 커피를 주문하고 싶었어. 캐러멜마키아토가 나을까, 간단하게 카푸치노 정도면 될까, 오랜만에 나왔는데 아포가토를 한잔할까, 어정거리면서 앞에 있는 사람을 살짝 건드린 게 그만 화근이 되어버리고 만 거야. 평소처럼 망설임 없이 아메리카노 한 잔 받아갔다고 해도 똑같은 상황이 벌어지기는 했겠지. 그러니 커피 때문만도 아니야. 물론 내가 누군가를 건드린 게 그렇게 큰 잘못은 아니지. 그게 누구였느냐 하는 게 문제지. 과도하게 민감한 사람인 듯했어. 그가 흠칫하더니 팔을 치울 때 나는 '예민하기는' 하면서 오히려 깨끗이 표정을 지웠지. 그가 몸을 비틀어 나를 봤어. 나는 몹시도 예의바르게 깍듯이 고개까지 숙여 죄송합니다라고 해줄 참이었어. 하지만 그의 얼굴을 보는 순간 이미 늦어버렸다는 생각 외에는 아무것도 할 수 없었던 거야. 내가 왜 이 사람의 뒷모습을 잊은 거지. 왜 그에게서 풍기는 비릿한 달팽이의 냄새를 잊은 거지.

나는 진즉에 사랑받지 못하는 부류에 그 사람을 분류해뒀어. 알다시피 나는 편견이 심한 편이고, 더구나 나를 증오하는 사람을 그럭저럭 견딜 만한 사람으로 재분류하는 일은 결코 없을 테니까. 사람에 대해 빠른 판단을 내리고, 그 판단을 유지하는 편이 그렇지 않은 편보다 나았어. 괜히 되지도 않을 일을 붙잡고 있는다거나, 저자의 마음이 바뀌기를 바란답시고 공을 들이며 세월을 흘려보내는 것보다는 빨리 접고 다른 일을 기획하는 편이 나은, 작은 출판사에 몸담은 지가 벌써 20년이 잖아.

그 사람은 정말 빨랐어. 내가 몸을 돌리기도 전에 내 팔을 꽉 움켜잡더라고. 그도 그럴 것이 그와 나는 팔을 부딪칠 만큼 가까이 있었거든. 그의 손아귀 힘은 여전히 억셌어. 그거 하나만으로도 나는 수많은 상황을 떠올릴 수 있었지. 그의 가슴팍은 내 머리 위에서 몹시도 굳건하게 버티고 있더군. 그제야 달팽이 냄새가 끼쳐왔어. 얼굴을 찡그린다고 해도, 손을 뿌리친다고 해도 떨어져나갈 사람이 아니라는 것을 잘 알고 있었으니까. 나는 냄새를 피해 고개를 돌리며 고분고분하게 웃어주었지.

그는 막 주문을 마친 상태였는데, 카운터의 여자가 그에게 물었어. 어니언 베이글은 데워드릴까요? 그는 나에게 집중하고 신경쓰느라 그쪽에는 성의 없이 대답하더라고. 아니, 그냥 주쇼. 아, 어차피 커피 나올 동안 기다려야지, 데워주쇼. 그리고 나를 향해 미소를 지었어. 오랜만이네. 이 근처에 있어? 그의 눈썰미는 탁월하거든. 내가 손에 지갑 하나만 쥐고 있다는 걸 단박에 알아차린 거야. 그건 내가 이 근처에 근거지를 두고 있다는 걸 의미하는 거니까. 나는 둘러대야 했지. 들킬 때 들키더라도 하는 수 없었어. 아냐, 친구 스튜디오에 왔다가 마침 커피가 떨어졌다고 해서 사러 나온 거야. 그는 더이상 캐묻지 않고 내 눈을 보며 지그시 미소를 지었어. 그 미소 말이야, 잔인한. 기억나지?

그는 빈 테이블을 가리키며 나를 이끌었어. 나는 카운터에 매달리며 약간 버텨야 했지. 나 커피 시켜야지, 나 커피 마셔야 돼 하면서 말이야. 사실 커피 생각은 벌써 달아나고 없었어. 도대체 이 인간이 어디에 있다가 지금 여기에 나타난 거지? 난 내일부터 당장 이 거리에서 몸을 숨겨야 할 것 같은데, 큰일났네 하는 생각만으로 가득했으니까. 게다가 친구 스튜디오에 왔다는 대답을 마치 준비하고 있었다는 듯이 해버렸다는 게 마음에 걸렸어. 진짜 그럴 경우에는 조금쯤 망설이듯이 대답하는 게 일반적이잖아.

도망칠 틈을 노린 것이 맞아. 하지만 그의 손아귀 힘이 더욱 강해지는 것을 느끼고 지금은 때가 아닌 것 같아 단념하고 커피를 주문했어. 그는 나를 이끌고 햇볕이라고 할 수도 없는 빛이 간신히 비치는 창가로 갔어. 우리, 여기 앉자. 그의 말투는 경쾌했어. 얼굴에도 분명 기쁨이라고 부를 수 있는 웃음이 가득했고. 그 커다란 가슴팍이 벌어지고 어깨가 으쓱하고 올라가더군. 그는 예상치 않은 곳에서 나를 잡아 진심으로 기분 좋은 모양이었어. 나를 출입문에서 떨어진 안쪽 자리에 앉게 하고 자기가 바깥쪽에 앉았지. 그리고 다리 하나를 통로 쪽으로 빼놨어. 소름 끼쳤어. 구역질이 치밀었고. 나 역시 그게 무슨 뜻인지 읽을 수 있을 만큼은 됐거든. 기운 센 무쇠다리, 그걸로 울타리를 친 거지.

따뜻하다, 그치?

그가 커피를 한 모금 마셨어. 베이글을 반으로 잘라 나에게 내밀었지. 뭐가 따뜻하다는 건지 나는 잠시 헷갈렸어. 햇볕이? 아님, 커피가? 설마 이 햇볕이?

문득 그 사람을 처음 만났을 때가 떠올랐어. 우리 출판사에서 독일어 소설을 번역할 사람을 찾고 있었어. 잘 지내던 번역가가 독일로 가버렸고, 비싼 번역가는 쓰기 어려운 상황이었지. 직원 하나가 자기가 아는 독일 유학파가 있다는 거야. 독일 문학을 전공한 사람인데, 학위는 따지 못한 것 같지만 소설 하나 번역하는 건 쉽지 않겠냐는 거였어. 우리는 당장 미팅 스케줄을 잡았지.

그를 만난 건 한여름 한낮의 카페 문 앞이었어. 직원과 그가 알은척을 하고 나를 인사시켰지. 그는 부신 눈을 가늘게 뜨고 나를 내려다보았어. 이상한 일이었지. 나는 곧바로 고개를 숙여 인사했는데, 그는 바로 인사를 안 하더라고. 하늘을 올려다보며 딴전을 피우는 거야. 그러고는 이렇게 중얼거렸어.

한여름 땡볕이 이런 거였구나. 맞아, 이랬어.

그러면서 나를 다시 내려다보더니 불러내줘서 고마워요, 더 오래 잊고 있을 뻔했는데 하는 거야. 그는 자기를 음습한 디스토피아의 세계에서 구출해준 사람처럼 나를 바라보았지. 그의 눈빛이 좋다 싶었어. 커다란 덩치의 남자가 하늘을 향해 얼굴을 들었는데, 그 눈이 태양 때문에 눈 부셔 하는 사람의 가늘게 뜬 눈이었으니까. 짜증스럽게 찌푸린 건 아니고, 마치 지중해의 태양을 보듯이 흐뭇해하는 눈이었거든. 나는 별 희한한 사람 다 봤네 싶었지만 제법 놀라는 척 위장하며 이 땡볕이 좋단 말이에요?라고 했지. 그는 거대한 빌딩으로 새벽같이 출근해 에어컨이 빵빵하게 나오는 지하실에서 사무용 기기만 만지며 일하다가 구내식당에서 점심을 먹고 해가 다 진 뒤에야 퇴근했기 때문에 한여름의 태양을 잊고 살았다고 했어.

한여름, 한낮의 태양. 그게 얼마나 징글징글한 건지 우리처럼 되도록 점심시간을 이용해 저자를 만나는 사람들은 잘 알잖아. 한여름, 한낮을 죽어라 싫어하는데도 아무 저자한테나 저녁시간을 할애하는 행동이 미친 짓이라는 것 역시 잘 알고 있는 사람들이지. 이런 땡볕은 대부분 싫어하는데, 특이한 분이시네요 하면서 나는 얼른 카페로 들어갔어. 되도록 빨리 그 더위에서 벗어나고 싶었으니까. 하지만 그의 눈빛은 인상적이었어.

나는 커피를 한 모금 마시고 그때가 생각나 테이블에 얹힌 작은 햇살 조각에 손을 내밀었지. 커피가 따뜻한 건 맞으니까 햇살이 따뜻한지 알아보려는 것뿐이었어. 그런데 그가 내 손을 덥석 잡았어. 반사적으로 손을 뺐지. 하지만 그는 항상 더 빨랐어. 난 왜 이렇게 쉽게 방심하는 걸까. 그 손, 달팽이의 체온만큼이나 축축한 손을.

나는 그의 눈을 노려보며 손을 빼려 했고 그는 더욱더 움켜잡았지. 내 손목은 비틀린 상태가 되었어. 아파서 점점 얼굴이 시뻘겋게 달아올랐고, 내 손목 역시 붉어졌지. 그는 나를 지그시 노려보며 미소를 짓고 있었어. 뭔가 벌어질 거라고 암시하는 그 미소에 소름이 끼치고 오금이 저려왔어. 무릎을 꼭 붙이고 긴장했지만 티는 내지 않으려 했어. 별일 없이 그와 헤어지게 된다고 하더라도 나는 아마 오늘 밤 자는 동안 몇 번은 하지 경련을 일으킬 거야.

그가 손을 풀더니 그때까지 어깨에 사선으로 메고 있던 가

방을 내려놨어. 그걸 열더니 뭔가를 꺼내는 거야. 나는 그게 원고일 거라 짐작했어. 내 예상은 조금도 틀리지 않았지. 그는 나에게 원고를 밀어놓으면서 다리를 심하게 떨기 시작했어. 내가 거절할까봐 조바심이 나는 모양이야.

이거 읽어주고 출판 알아봐줘. 아주 좋은 소설이야. 내가 이걸 어떻게 찾았는지 알아?

그는 금방 흥분해 소설에 관해 이야기하기 시작했어.

지크문트 부슈바움이라는 알려지지 않은 소설가인데, 너도 알잖아. 내가 얼마나 독일문학 서가를 꼼꼼히 뒤지는지. 봐, 제목 기가 막히게 좋지? 『아무것도 남기지 않은 하루』야. 이 작가가 죽기 직전에 쓴 글인데, 아무것도 남기지 않고 생을 끝내겠다는 거지.

아무것도 안 남기겠다는 사람이 소설은 왜 남겨서 나를 괴롭히는 거야라고 속엣말을 하며 마지못해 원고를 들추는 시늉을 했어. 첫 문장부터 틀렸을 게 분명해. 그가 번역을 하는 건지, 어떤 책을 보며 자기 소설로 고쳐 쓰고 있는 건지 알 수가 없어. 아닌 게 아니라 원고는 한 장을 넘겨 읽을 수가 없었어. 어디선가 본 듯한 글이다 싶은 게 상당히 유명한 작가의 글을 고쳐 쓴 것 같기도 했어. 그게 언제부터였지. 번역 실력이 상당한 수준이 된 뒤였는데, 그는 번역 아닌 번역을 하기 시작했어. 뭔가, 뭔가가 이상했어. 내가 그걸 어떻게 알아챘을까. 내가 독일어를 알지 못해 바로 비교해볼 수는 없었지만 이상한 점이 느껴졌어. 앞에서 일정 부분까지는 별 문제가 없었어. 그런데 3분의 1쯤부터 그 작가의 글이라 하기에는 너무 유치한 수준의 문장이 이어지는 거야. 이 사람이 길을 잃었나 싶어서 다시 알려줄 생각으로 줄을 그어가면서 첨삭했지. 그러다가 3분의 2쯤부터는 또다시 멀쩡한 수준으로 돌아오는 걸 보고 원고를 덮었어. 그리고 그를 주시하게 되었지. 원고는 다른 사람에게 확인차 보내놓고 말이야. 3일 뒤쯤 연락이 왔어. 책 두 권을 짜깁기했느냐고 묻더라고. 원서와는 반만 같고, 반은 전혀 다른 이야기던데라고 하더군. 등골이 오싹했어. 그는 무슨 짓을 하고 있는 거였을까. 내가 뭣도 모르고 이 책을 출간했다면 무슨 일이 벌어졌겠느냐고.

나는 『아무것도 남기지 않은 하루』라는 원고를 읽는 척하며 시간을 끌었지. 이상한 점을 또 발견했어. 이 원고는 금방 출력한 게 아니었다는 거야. 상당히 오래 지니고 다닌 듯 용지 귀퉁이들이 다 일어나 있었지. 요새는 번역 작업을 안 하는 모양이었어. 그렇다면 다른 일을 하고 있는 거겠지. 그가 전전한 직업을 생각해보면 아마 지금도 어디선가 무슨 일인가 하고 있을 거야. 광택이 도는 트렌치코트와 낡지 않은 가방으로 봐서는 그다지 형편이 어려운 것 같지도 않았어. 그런데 왜 그는 이토록 번역에 집착하고 있는 걸까. 자기 소설을 쓰는 것도 아니어서 창작의 열정에 불타는 것도 아닌데 말이야.

그와 만난 첫 미팅 자리에서 그에게 번역을 맡겼을 때 그는 굉장히 흥분했어. 의욕에 넘쳐 그 커다란 가슴을 들썩이면서 소설적인 문장을 써본 적이 없어 완벽히 번역하지는 못할지도 모른다고 했어. 손끝을 다 떨더군. 나는 솔직한 사람이라고 생각했어. 그는 독일문학으로 논문을 써봤던 거지, 소설을 써봤거나 번역을 해보지는 않았으니까. 그런 점은 이해할 수 있고 편집부에서 적당히 윤문도 할 수 있으니 일단 꼼꼼하게 번역해달라고 했지. 그는 독일어 소설책을 두 손으로 부여잡으며 감동한 표정으로 말했어. 매일 지나다니던 길가의 조그만 서점이 생각나네요. 이런 책들이 3단으로 조르르 놓여 있었죠. 마치…… 그 길에서 제가 이 책을 들여다보고 있는 것 같아요. 왜 그때는…….

그는 말을 다 마치지 않았어. 최선의 노력을 경주해 번역해보겠다고 하고는 고개를 깊이 숙여 인사했지. 그리고 우리는 헤어졌어. 그는 며칠 지나지 않아서 원고를 보내왔지. 원고를 보니 기본은 되어 있는 사람이었고. 아니, 어떤 면에서 보면 아주 훌륭하다 싶은 면도 있었어. 조금만 훈련하면 우리 출판사와 계속 관계를 이어가도 되겠다는 결정을 내렸어. 나는 일단 그 사람에게 칭찬을 퍼부은 다음 훈련할 요량으로 상세히 첨삭해서 보내줬지. 앞뒤 맥락을 짚어가면서 표현을 통일하는 것과 문장의 묘미를 살리는 부분을 주로 신경써서 말이야. 그 사람은 득달같이 나를 찾아왔어. 꼭 만나서 커피를 마시면서 이야기하고 싶다는 거야. 나는 이럴 시간에 원고나 수정해서 보내주면 좋겠다고 생각했지만 중요한 관계자에게는 적당한 대접이 필요한 노릇이지.

그는 내가 첨삭한 걸 하나하나 짚어가면서 얘기했어. 맨 첫 장에는 번역할 때 전체적으로 살펴야 할 걸 적었지. 그리고 문제점마다 번호를 붙여가며 앞뒤 맥락까지 연결해 설명해주었고. 처음이니까 나로서도 굉장히 성의를 보인 거였어. 그는 커피를 시켜놓고 앉자마자 이런 첨삭은 제가 독일에서 논문을 쓸 때 제 지도교수가 하던 방식입니다. 어쩜 이렇게 성의 있게, 이렇게 완벽하게, 이렇게 철저하게 첨삭해주실 수 있는지 정말 감탄했습니다. 혹시 독일에서 공부하셨나요?라고 묻더군. 당연히 아니라고 했지. 오히려 뭐 이 정도 갖고 이렇게 심하게 감동하나 싶었지만 그가 내 말에 어찌나 열정적으로 귀를 기울이는지 그에게 관심이 저절로 가는 걸 느꼈어. 나 역시 그로부터 칭찬을 듣는 거였으니까 기분이 좋아졌던 거지.

마시던 커피가 바닥나고 조각 케이크와 커피 한 잔씩을 또 마시면서 우리는 이야기가 잘 통한다고 느꼈어. 그 사람은 독일에서 유학했어. 학위를 받지 못하고 몇 년을 보냈지. 집에서 보내주는 생활비가 끊겼어. 그는 아버지가 지원하고 싶어하지 않는 아들이었어. 그러니까 재산을 털어서 학비를 대려고 한다거나, 하다못해 주머닛돈을 털어 먼 나라에 있는 아들을 위해 우체국에 가서 돈을 부치는 그런 아버지가 아니었어.

그리고 그 얘기를 했어. 달팽이 요리를 하게 된 내막에 대해서 말이야. 달팽이 요리는 완전히 실패했다고 했어. 산에서 기어다니는 달팽이는 요리할 수 있는 달팽이가 아니더라고 했지. 냄비 뚜껑을 열었을 때는 완전히 수프가 되어 있었는데, 아무리 소금과 후추를 넣어도 비린내가 가시지 않았대. 하지만 그걸 먹을 수밖에 없었다는군. 배가 너무 고팠고, 그동안 이상한 수프도 많이 먹어봤고, 어쩌면 그것은 흔하디흔한 버섯 수프와 다를 것도 없었다고 했어. 그 얘기를 듣고 그가 무척이나 진솔한 사람인데, 영혼 한구석에 몹시도 상처를 입었다고 여겨졌지. 그래서인지 내 감정이 걷잡을 수 없이 그에게 기울어지는 것을 느꼈어. 비가 막 물러난, 청량한 습기가 가득한 갈참나무 숲에 배고픈 그가 우두커니 서 있는 것 같았어. 하필 그때가 초가을이었고 비가 막 그치고 난 뒤여서 더없이 청량한 습기가 내 팔을 감쌌거든. 그렇게 된 거야. 그와 나의 관계가 깊어진 것은.

그는 원고를 읽는 나에게 재촉했어.
"어때? 정말 소설 좋지? 이거 출판할 수 있겠지?"
나는 어이가 없어서 두 손을 늘어뜨리고 어깨를 으쓱했어.
"나 지금은 독일책 출간 일 안 해. 다른 파트에 있어."
"그래도 담당자에게 말해줄 수는 있잖아."
"지금 내가 있는 출판사는 아주 작아. 소설책은 하지도 않아."

"그래도 그 바닥에서 일한 지 오래되었으니 아는 사람들 많잖아."

그는 눈을 내 눈에 고정한 채 의자를 당겼어. 그저 한 뼘쯤 자리를 조여 앉은 거지만 나는 그가 다시 한번 내 팔목을 움켜잡고 비튼 것처럼 숨이 가빠왔어. 어떻게 하면 이 자리에서 빠져나갈 수 있을까 궁리하다가 차라리 출간을 알아봐준다고 하고 원고를 가져갈까 하는 생각을 했어. 물론 나를 그냥 보내줄 리는 없겠지, 어떻게든 내가 일하는 곳을 알아내겠지 싶으니까 그것도 좋은 방법이 아니라는 생각이 들었어. 아무튼 시간이 너무 흘렀으니 하는 수 없었어.

"나 금방 들어가봐야 하는데. 휴대전화도 안 갖고 나와서 친구가 기다릴 거야. 친구도 문 닫고 퇴근해야 할 거고."

그가 망설임 없이 자기 휴대전화를 건넸어.

"내 휴대전화 써. 좀 늦게 들어가겠다고 전화해."

"아, 그렇구나. 그런데 말이지, 전화번호를 기억 못 해. 요새 다 그렇잖아. 전화번호 기억 못 하는 거."

물론 나는 내 사무실의 전화번호를 알고 있지. 편집부 차장에게 전화해서 좀 늦을지 모르니까 일 다 마치고 나면 퇴근하라고 할 수 있지. 하지만 이미 거짓말을 해놨으니 어떡하겠어.

"그러면 같이 가자. 나는 밖에서 기다릴게. 친구에게 가야 한다고 얘기하고 나와."

여기서 더 버틸 수는 없었어. 길을 가다보면 도망칠 데가 있겠지. 일어서서 나오는데, 그가 착 달라붙었어. 내 팔을 붙잡으면서 말이야. 아는 사람들이 종종 지나다니는 길이라 누가 볼까봐 신경쓰였어. 카레가게 문을 밀고 나오는 사람을 곁눈질로 살폈고, 파스타가게로 들어가면서 힐긋 나를 돌아보는 여자도 한눈에 훑어보았어. 다행히 아는 사람이 아니었지. 내가 다니는 출판사는 여기에서 불과 100미터밖에 안 되는 거리였거든. 그리고 이 동네의 골목길은 내가 잘 꿰고 있었으니까 마치 영화에서처럼 도망칠 수 있다고 생각했어. 우리 출판사는 더구나 이름조차 눈에 안 띄는 건물 3층에 있었거든.

그가 물었어. 아니, 그가 묻기 전에 우리는 눈이 마주쳤어. 나는 그가 나를 주시하는지, 어떤지를 훔쳐보았고 그는 나를 감시하느라 내려다보았지. 눈이 마주치자마자 나는 몸서리치며 얼른 고개를 돌렸어. 그의 눈은, 언제나 그렇듯 핏발이 서 있었어. 눈알이 튀어나올 지경이었지. 그거 알아? 증오하기 위해 누군가를 필요로 하는 눈? 그런 눈 본 적 있어? 그가 그런 눈을 번득이며 물었어.

"친구 스튜디오가 어디에 있니?"

나는 고개를 한 번 숙였다가 대답했지.

"응, 저기 큰 쇼핑몰 있지? 거기 바로 뒤편이야."

그랬더니 그가 짧게 흥 하고 웃는 거야. 그러면서 힐긋 내 손을 보았는데, 나는 심장이 철렁 내려앉았어. 내 손에는 여전히 아주 작은 지갑 하나만 들려 있을 뿐이었어. 교통카드가 되는 카드 하나와 커피숍 마일리지 카드 하나가 들어 있을 뿐인.

그래도 나는 용기를 냈어.

"나, 그만 가볼게. 성호씨는 자기 볼일 봐."

그는 다시 짧게 웃었어. 집에 가자. 그의 입에서 결국 그 말이 나왔어. 그는 먼 데를 보고 있어서 다른 말을 하는 줄 알았지만, 왜 아니겠어. 그가 결국 그렇게 말할 줄 알았지. 나는 당신 집에 가고 싶지 않아라고 곧바로 대답할 수밖에 없었어. 남은 인생 동안 나와 함께 살 남자가 단 한 명도 없다고 해도 그 사람에게는 가지 않을 거야. 그는 내가 아무 말도 하지 않았다는 듯이 곧바로 말했어. 이런 날씨에는 토마토 스튜가 제격이야. 내가 토마토 스튜 끓여줄게. 당신 그거 제일 좋아했지. 나만큼 스튜 잘 끓이는 사람 없다고 했잖아.

그는 정말 토마토 스튜를 잘 끓였어. 그것만 잘 끓인 게 아니야. 토마토 국도 잘 끓였고, 토마토 라면도 잘 끓였어. 커다란 들통에 다시마와 표고버섯으로 육수를 진하게 내놓고, 양지를 듬뿍 넣는 거야. 거기에 온갖 채소를 넣는 거지. 샐러리, 양송이, 감자, 당근, 양파를 넣고 잘 익은 토마토를 수없이 넣는 거지. 토마토를 구하기가 어려우면 싱싱한 페이스트 캔을 두 개쯤 따서 넣어. 그렇게 반나절 뭉근하게 끓이면 추운 겨울 몇 끼는 까딱없어. 밤샘 일을 하고 집에 와서 그거 한 그릇 먹고 자면 잠도 잘 왔어. 그렇다고 그걸 먹기 위해 그와 다시 관계를 잇는 건 결단코 아니지. 나는 대답하지 않았어.

출판사가 있는 골목을 지나쳤어. 그가 문득 내 팔을 한 번 세게 움켜쥐었어. 윽 소리가 나올 정도로 아귀힘이 셌어.

"나, 요즘 잠수함연맹에서 일한다."

나도 모르게 고개를 번쩍 들어 그를 쳐다보았지. 아주 특이한 일을 하고 있을 거라는 짐작은 했었다만, 이건 또 무슨 엉뚱한 소리야. 잠수함연맹이라니. 그가 연맹에서 무슨 일을 하는 거지.

"잠수함이 왜 필요한지, 잠수함에서 일하는 사람들의 스트레스 지수는 어떤지, 이들에게는 지상에서의 어떤 처우가 필요한지 그런 거 연구하는 거야."

그거야 뭐, 당연히 연구하는 거겠지. 당신이 거기서 무슨 일을 하느냐는 거지. 하지만 나는 묻지 않을 생각이야. 인간적인 관심조차 보이지 말아야 할 사람이 있거든. 하긴 전문가가 아닌데, 무슨 일을 할 수 있겠어. 연맹 같은 조직이라면 흔히 한둘씩 쓰기 마련인 간사 같은 것일까?

나와 함께 사는 동안 그가 전전한 온갖 희한한 직업들이 생각났어. 사무 기기 관리는 그나마 평범한 축에 속했고, 피아노학원차 운전, 약국의 보조판매원, 국립공원 매표원, 표고버섯 농장 관리인 등이었지. 그런데 이제 잠수함연맹 간사라……. 그의 가족은 아마 그가 무슨 일을 하며 어디에 사는지 관심조차 없을 거야. 그의 집안에서 그는 일찍부터 파란 추리닝이었어. 루저로 낙인 찍혀서 제대로 지원을 받지도, 인정을 받지도 못한 사람이었지. 독일에서 간신히 돌아왔지만 매섭기가 이루 말할 수 없는 그의 아버지는 학위도 없이 돌아온 그를 사람 취급도 하지 않았어. 옥스퍼드대학 교수로 있는 형과는 비교도 할 수 없었지. 같이 사는 동안 그는 한 번도 집에 간 적이 없어.

　나와 함께 있는 동안 이러저러한 일을 하면서도 지속적으로 번역을 했고, 밤을 새우며 마감에 시달리는 번역가의 고뇌를 가득 담고 나에게 얘기하곤 했지. 이건 정말 우리말로 옮기기 어려운 건데. 이건 아예 우리말에는 없는 거거든. 그러면 나는 잠에 취한 채 웅얼거려야 했지. 그런 건 문장으로 풀어서 설명해주면 돼. 그러면 그는 갑자기 화를 내곤 했어. 그렇게 성의 없이 대답하지 마! 내가 지금 얼마나 고통스러운지 알아? 그렇게 말하곤 라면을 끓이기 위해 벌떡 일어나곤 했지. 그의 라면에는 토마토가 들어갔어. 토마토는 그에게 최고의 요리 재료였지. 그리고 쟁반에 얹은 라면을 들고 고뇌를 계속하기 위해 컴퓨터 앞에 앉았지. 그가 하고자 하는 말인즉, 제2의 창작을 하느라 고통이 너무 심하다는 거였어. 하지만 그건 그가 행복하다는 뜻이었어. 번역을 하는 동안에는 라면에 토마토를 넣었으니까.

　길 건너 쇼핑몰을 바라보며 대로변에서 신호가 바뀌기를 기다리는 동안 잠수함연맹에 대해 내가 관심을 보이지 않으니까 그가 또 입을 열었어.

"독일에 있을 때 당신을 만나 논문으로 쓸 작가의 책을 번역해보고 당신의 첨삭을 받았더라면 심사를 통과할 수 있었을 텐데."

또 그 말을 꺼내는군. 걸핏하면 해대서 천 번은 들은 것 같은 말이야. 물론 말도 안 되지. 그 무슨 괴상한 핑계야. 그 말 뒤에 꼭 따라붙는 말도 있지.

"당신이 번역 일을 좀더 도와줬어야 했어. 그랬다면 그 방면에서 누구 못지않은 번역가가 될 수 있었을 거야. 당신이 갖고 있는 노하우를 넘겨줬어야 했단 말이야."

아니나 다를까. 생떼를 쓰기 시작했어. 나는 번역가가 아니라고 수없이 대답을 했건만, 나는 그저 글쓰기에 약간의 재주가 있는 편집자에 불과할 뿐이고, 편집자가 되기 전에는 아르바이트로 남의 자서전 같은 것을 대필하기도 했었다고, 그래서 허름한 출판사의 편집자가 되었을 때는 거친 글을 윤문하는 것쯤은 식은 죽 먹기였던 거라고 말했건만 그는 듣지 않았어. 나는 길을 건너야 했지. 사무실이 길 건너 커다란 쇼핑몰 뒤에 있다고 거짓말을 했기 때문에 어쩔 수가 없었어. 하지만 나는 그 쇼핑몰과 그 근처에 대해서는 전혀 알지 못했고 어떻게 이 위기를 모면하지 하는 생각뿐이었으니 내가 무슨 대답을 할 수 있었겠어.

횡단보도를 건너는데, 내가 조금 빨리 걸었나봐. 그가 내 손목을 으스러지도록 꽉 움켜쥐었어. 나는 화가 나서 손을 뿌리치며 그를 쏘아보았어. 아니나 다를까. 그는 의심 가득한 눈으로 나를 내려다보고 있었어. 입술은 마치 비웃는 것처럼 일그러져 있더군. 저 얼굴을 잘 알아. 그는 저 얼굴을 하고 달팽이 수프를 끓였어. 비가 오고 무더운 날이면 그는 기분이 돌변하곤 했지. 나는 이런 날씨가 너무 싫어, 거지 같은 날씨야. 독일에서는 습도가 높아도 서늘하기 때문에 견디기 좋았는데 말이야. 한국 날씨는 정말 거지 같아라고 하면서 달팽이 수프를 끓이는 거지.

　그 사람과 헤어지기 3개월쯤 전이었어. 표고버섯 농장을 하는 사람과 친해지게 되었는데, 농장주가 달팽이를 키우는 사업을 같이 하자고 했다는 거야. 달팽이는 채소를 갈아먹고 사는데, 농장에서 그걸 키우다니? 내가 물었어. 그는 고개를 흔들며 대답했지. 달팽이 진액을 만들어 파는 거지. 그거 요즘 건강식품으로 최고래. 그는 달팽이라면 좀 안다는 생각을 했고 갖고 있는 얼마 안 되는 돈을 털어넣었어. 물론 내 적금 통장도 털어야 했지. 그 친구라는 사람이 농장 한 귀퉁이를 빌려주겠다며 거기서 얻는 수익은 다 가지라고 했다나. 그럼 그 사람은 무슨 이득이 있어서 그런 선심을 쓰는 거냐고 물었더니 그냥 자기를 너무나 좋아해서 도와주고 싶어하는 거라고 엄숙하게 말했어. 그럴 수 있다고 생각했지. 좋은 친구를 만났나보다 했어. 그리고 나는 한동안 달팽이에 대해서 들어야 했어. 그가 물었어. 달팽이의 생육조건 중에 가장 중요한 게 뭔지 알아? 교정지를 보느라 사실 제대로 듣지 못했어. 나는 그저 반사적으로 대답했지. 습도겠지. 그는 별안간 버럭 소리를 질렀어. 아니야! 내가 물을 땐 생각 좀 하고 말해! 급작스러운 반응에 내가 놀라서 그를 바라보면 그는 나를 때릴 것처럼 손을 획 들어올린 채 눈을 부라리고 있었어. 믿을 수 있겠어? 도대체 왜 그렇게 화를 내는 건지? 그는 벌떡 일어서서 좁은 방 안을 성큼성큼, 이리저리 걸어다녔어. 두 팔은 금방이라도 방 안의 집기를 집어던질 듯 거칠게 휘두르면서 말이야.

자기가 하는 일에 왜 그렇게 관심이 없느냐, 달팽이를 키운다니 우습게 보이느냐, 달팽이가 얼마나 고부가가치를 지닌 존재인지 아느냐, 프랑스인들이 먹는 달팽이란 말이다, 사람 우습게 보지 마라, 이걸로 성공하고 말 거다라고 쏟아냈어. 나는 그저 급한 교정을 보느라 그에게 관심을 기울일 수 없었을 뿐이야. 그리고 엄밀히 따지면 그건 그의 일이지 내가 간섭하거나 상관할 일이 아니라고 생각했지. 그가 열중해서 자기 일을 잘 하면 그것으로 충분한 거 아니겠어? 내가 그걸 그렇게 자세히 알아야 해? 그가 거쳐온 일들이 얼마나 많은데, 그걸 일일이 애정을 갖고 관심을 기울여야 하느냐고. 이미 그즈음에는 그에게서 벗어날 궁리만 하고 있었던 참인데. 그에게 돈을 털어줄 때 나는 내심 이것으로 그와의 관계를 정리할 수 있기를 바랐어. 그가 자립할 자금을 보탠다고 생각했던 거지.

쇼핑몰을 끼고 뒤로 돌아간 건 내가 아니라 그였어. 그는 그 동네 지리를 잘 알고 있는 것 같았어.

"아침 먹으러 자주 오는 골목이야. 저기 생태탕 맛있는데, 가봤어?"

아뿔사. 나는 망연자실 고개를 저을 수밖에 없었어. 아침 먹으러 올 정도면 가깝다는 얘긴데, 그는 도대체 어디 사는 걸까. 나는 마치 연행되어가는 사람처럼 마지못해 걸었어. 여긴 여차하면 튀어서 숨을 화장실도 알지 못하니까. 사무실 근처에 있는 건물들 중에서 여자 화장실 열쇠를 따로 준비해둔 카페가 있는 건물들을 알고 있거든. 그 건물들 중에 종종 잠그지 않은 화장실이 있는 곳도 알고 있고 말이야. 그 화장실 위층에 작은 출판사들이 있는 곳도 알고 있어. 화장실 문이 잠겨 있으면 후다닥 2층이나 3층으로 뛰어올라가 몸을 숨기면 되니까. 하지만 이런 궁리를 하는 날이 올 줄은 생각지도 못했지.

그는 별로 채근하지도 않고 산책하듯 걸었어. 내 속을 빤히 들여다보고 있는 것 같았지. 나는 이왕 이렇게 된 거 태연하게 굴어야겠다고 생각했어.

"나, 배고픈데, 생태탕 좀 사줄래?"

그렇게 뻔뻔하게 물었지. 그는 빙긋이 웃었어. 나는 우리 둘이 딴전부리며 두뇌 싸움을 하는 B급 할리우드 액션영화에서의 주연과 조연 같다고 생각하며 조금 웃었어. 어설프게 웃어서일까, 자기를 비웃는다고 생각해서일까, 그가 민감하게 반응하더군. 내 손목을 더욱 세게 움켜잡고 성큼성큼 걷기 시작했지. 키가 작은 나는 종종종 끌려가듯 걸어야 했어. 혹시라도 누가 알아볼까봐 고개를 푹 숙이고.

저녁시간이 가까워서인지 생태탕 집은 막 끓여대는 국물로 열기가 가득했어. 많지 않은 테이블은 거의 다 찼고 가장 큰 테이블만 남아 있었지. 그는 거기에 가서 턱 걸터앉았어. 물론 나를 안쪽에 앉히고. 주문받는 여자가 와서 거긴 예약되어 있다며 자리를 비켜달라고 하네. 그가 버럭 소리를 질렀어. 사람 오면 옮겨줄 테니 주문받아요! 다른 자리도 없잖아요! 제법 자주 오는 사람이라 그런지 여자는 떨떠름한 표정을 짓더니 주문을 받았어. 그래봐야 생태탕 2인분이지 뭐. 나는 시간을 끄는 것도 나쁘지 않겠다 싶었어. 이왕 이렇게 된 거 밥이나 맛있게 먹자고 했지.

그는 생태탕을 먹을 생각이 없는지 수저를 휘휘 젓다가 문득 멈추고는 독일로 돌아갔으면 좋겠다는 말을 했어. 나를 건너다보는 눈빛이 아련했지. 그는 가끔 그런 눈빛으로 나를 보았어. 내가 왜 독일을 연상하게 하는지 나는 알 수가 없어. 나는 그곳에 살아본 적도, 여행을 가본 적도 없는데. 나는 그 눈빛을 피해 얼른 생태를 한 수저 떠서 입에 넣었다가 뜨거워서 꿀꺽 삼키고는 캑캑거렸어. 돌연 눈물이 났어. 얼른 다시 한 수저 떴어. 이게 웬걸. 한쪽 눈에서 눈물이 주르르 흘러내리는 거야. 고개를 숙였더니 눈물이 내 수저에 떨어졌어. 우리 둘 다

이게 뭐니.

그에게 헤어지자고 말했을 때는 아직 달팽이 사업이 한창일 때였어. 아, 말을 정정해야겠군. 그건 좀 애매한 말이네. 자금 회수가 한창이었다는 말이 아니라 자금을 한창 들이부으며 사업 기반을 다질 때였어. 그는 매일 달팽이에게 최적의 온도와 습도, 그리고 싱싱한 채소와 물을 대주며 생육시키고, 교미시키고, 산란시키고 부화시키는 데 열정을 쏟아부었어. 그는 달팽이를 키우는 박스 하나를 집까지 갖고 왔어. 밤에 활동하는 달팽이들을 잘 관찰해야 한다면서 말이야. 달팽이를 들여다보다가 내 곁을 파고들었지. 내 치마를 들추기 위해. 나는 어쨌느냐고? 나는 그를 거부하느라 밤마다 씨름해야 했어. 몹시 피곤해서 쓰러져 자다가도 그가 가까이 오는 기척만 들려도 나는 몸서리를 쳤어. 그 사람보다 잠자리에 늦게 들기 위해 일거리를 끌어안고 책상에 앉아 날밤을 새우고는 했지. 그래도 소용없기는 했어. 내가 잠자리에 들면 귀신같이 알고 내 옆으로 들어왔으니까. 내 입술과 혀를 빨고, 턱을 빨고, 목덜미를 빨아. 길게 혀로 침을 바르면서 말이야. 마치 달팽이가 내 몸을 기어가는 것 같은 그 기분 알아?

어떤 사람이 싫은 건 어느 한 가지만 싫은 게 아니라 거의 전부가 싫은 거라는 걸 그때 알았어. 그것의 총체가 섹스고 말이지. 무슨 말인지 알겠지? 어떤 사람의 일생이 거의 다 담긴

게 그 사람의 섹스더라니까. 그러니 한사코 거부할 수밖에 없었지. 그러니 당연히 헤어지자는 말을 할 수밖에 없었고.

그 말을 꺼내자마자 어찌 된 일인지 달팽이들이 죽어나가기 시작했어. 돌림병이 돌았던 건지, 생육조건이 맞지 않았던 건지 원인을 알아내기도 전에 떼로 죽어나갔지. 그는 사색이 되어 진땀을 흘렸어. 그리고 그 달팽이들로 수프를 만들었지. 어차피 죽은 거 몸이나 보신해야겠다고 하면서. 잠시 비도덕적인 유혹까지 느낀 것 같았어. 온몸에 끈적한 진땀을 흘리며 고약한 냄새를 풍기며 그가 중얼거렸거든. 어차피 산 걸 요릿집에 파는 것도 아니고 고아서 진액을 파는 건데, 죽은 걸 써도 되지 않을까. 하지만 죽은 원인을 모르니 그걸 팔았다가 감옥에 가게 될지도 모른다는 판단을 가까스로 했던 거 같아. 그래서 나는 달팽이 수프를 먹어야 했어.

그는 내가 헤어지자고 말한 게 그 돌림병의 원인이었다는 듯이 나를 원망했어. 문득 문득 등뒤에서 집요한 시선이 느껴지는 거, 그런 거 겪어봤어? 뒤돌아봤을 때 증오를 가득 담고 노려보고 있는 붉은 눈을 마주한 적 있어? 나는 짐을 쌌어. 나가겠다고 했지. 그는 나를 휙 잡아끌어 팽개쳤어. 아, 그는 나를 때리거나 짓밟지는 않았어. 다만, 내 팔을 꼭 잡고 비틀거나 내 윗옷 자락을 비틀어 움켜쥐고 죽일 듯이 노려보았지. 숨이 막히도록. 그것만으로도 나는 공포에 떨어야 했어. 알다시피 그는 체격이 크고 온몸에서 에너지가 터져나오는 사람이니까.

나가려고 문을 열었어. 그가 뒤에서 나를 잡아당겨 패대기를 쳤어. 나는 방 안쪽까지 던져졌지. 일어났어. 다시 문을 열려고 손잡이를 잡았지. 그 사람이 또다시 나를 끌어당겨 패대기쳤어. 그 사람의 힘이 얼마나 센지, 그 팔이 얼마나 무쇠 같던지 내 옷과 함께 잡아당겨진 머리카락이 한 줌이나 뽑혔어. 나는 다시 일어나 문을 향해 몸을 던졌어. 문에 손이 닿기도 전에 나는 그 사람 손에 잡혔지. 그는 또다시 나를 패대기쳤어. 나는 또 일어섰어. 그는 이제 내가 문 앞으로 가기도 전에 밀어버렸지. 나는 다시 일어섰어. 그는 이제 나를 그냥 주저앉혔어. 나는 다시 몸을 일으켰어. 그는 내 어깨를 내리눌렀어. 나는 그래도 몸을 일으켰어. 몸만이라도 빠져나갈 수 있기를 얼마나 바랐는지 몰라. 그는 내 머리를 짓눌렀어. 나는 쓰러졌지. 그래도 기어서 문 쪽으로 갔어. 그는 나를 쭉 밀어버렸어. 나는 그래도 다시 기어갔어. 나는 거기서 그 사람과 함께는 단 1시간도 있을 수 없었으니까. 기어가고, 밀쳐내고 기어가고 밀쳐냈어. 그러다가 정신을 잃은 것 같아.

때리거나 짓밟지는 않았지. 다만, 정신도 없는 나를 억지로 눕히고 팬티를 벗겼어. 두 손목을 한 손으로 움켜쥐고 억지로 섹스를 했지. 정신이 들었을 때 나는 다리로 그를 찰 수조차 없었어. 그가 내 사타구니 사이에 딱 버티고 있었으니까. 내 턱을 가격하지 않아도, 내 손목을 움켜쥐고 꺾거나 비트는 것만으로도 나는 저항할 힘을 잃고 말았어. 달팽이 요리를 먹어서인지 그는 비렸고, 차고 끈끈한 땀으로 뒤덮여 있었고, 번들거리는 눈자위로 나를 잡아먹을 듯이 노려보았어. 그의 두피에 밴 냄새는 정말 참을 수가 없을 정도였지. 며칠 동안 나는 눈을 질끈 감고 아랫도리를 내주었어. 몸만 일으킬 정도가 되면 떠날 거라고 중얼거렸지. 그렇게 억지로 팬티를 벗겼지만 그는 내 얼굴에 비릿한 입냄새를 풍기며 좌절을 겪어야 했지. 그의 일생이 담긴 섹스는 그렇게 우울했어. 바보같이 눈치 보며 슬금슬금 팬티 속으로 들어오는 남자의 손도 싫어하지만 비열하고 변덕스러운 남자를 싫어하게 된 건 이 사람 때문이었어. 섹스를 해보면 그 사람을 알 수 있다는 내 편견을 강화시킨 장본인이었지.

언제부터인가 섹스한 뒤에 내가 잠이 들면 그는 울기 시작했어. 꿈속에서 내가 우는 줄 알았지. 겨우겨우 눈을 떠보니 그가 슬피 울면서 죽은 달팽이를 골라내고 있었어. 이렇게 억세고 질긴 사람이 슬피 울다니. 처음에는 그의 슬픔을 이해했지. 그런데 남자가 매일 우는 거, 겪어본 적 있어? 그거, 아무도 견디지 못해. 맹세할 수 있어. 같이 울지 않고서야 그런 사람을 견딜 도리가 없어. 차츰 그는 아무것도 하지 못했어.

그는 나를 가두고 감시하느라 달팽이를 돌보지도, 정리하지도 못했어. 이제 그만 출근해서 달팽이를 돌보라고 말했다가 또 한바탕 난리를 치르고서 나는 아픈 척 누워서 도망칠 기회만 엿보고 있었어. 그는 전화기를 붙들고 그 친구라는 작자에게 내쫓지 말아달라고 사정했지. 통화 내용을 들어보니 그 작자는 그가 출근하지 않는 것은 문제를 해결할 의지가 없는 거라며 자기가 달팽이 사업을 정리해버리겠다고 하는 거 같았어. 표고버섯에 아주 안 좋은 영향을 끼치고 있다는 거지. 달팽이도 그자를 통해서 들어온 건데, 그가 중간에서 무슨 짓을 해서 돈을 빼돌렸는지 알 게 뭐야.

그는 한 무더기의 달팽이가 담긴 박스를 들고 말했어. 한국 달팽이는 독일 달팽이와 맛이 달라. 그는 그것들을 비닐팩에 나누어 담은 뒤 냉동실에 차곡차곡 쌓았어. 끼니가 떨어질 때마다 먹어도 몇 년은 우려먹을 수 있을 만큼 되었지.

그와 함께 달팽이 수프를 먹었어. 번들거리는 눈을 볼 때마다 그 눈동자가 달팽이 수프에 빠져버렸으면 좋겠다고 매일같이 빌었어. 뜨거운 수프를 그의 얼굴에 끼얹고 도망칠까 하는 생각만 했지. 구역질이 나서 도저히 먹을 수 없었던 날, 말했어. 토마토 스튜 먹고 싶어. 당신, 그거 잘 끓였잖아. 그는 번들거리는 눈동자로 나를 뚫어지게 바라보았어. 그리고 숟가락을 놓고 일어섰지. 잘 익은 토마토를 사러. 내가 좋아하는 양지머리를 사러. 샐러리도 있는지 마트를 샅샅이 뒤졌을 거야. 나는 그 틈을 타서 도망칠 수 있었어. 달팽이 수프는 나에게 도망칠 힘을 비축해주었거든.

*

생태탕을 먹고 눈물 섞인 콧물을 팽 풀고 일어났어. 기억이 얼마나 거짓말을 잘하는지 문득 깨달으면서 무릎에 올려두었던 지갑을 깜박 잊고 벌떡 일어서다가 지갑을 툭 떨어뜨렸어. 그와 함께 산 시간은 7개월 남짓, 그런데 그를 떠나고 나서 까맣게 잊은 뒤에는 7년쯤 산 것처럼 느껴졌지. 게다가 지금 생각나는 건 처음과 그 마지막 날밖에는 없네. 그에게서 벗어났을 때 세상에 태어나 처음 행복이란 걸 경험한 사람처럼 깊고 편안하게 숨을 쉬었는데 말이야. 그때 알았지. 행복이란 괴로움에서 벗어난 바로 그것을 말한다는 걸. 그 이상은 사람이 가늠할 수도, 감지할 수도 없는 거라는 걸. 지갑을 주워 들다가 문득 그가 돈이 별로 없을 거라는 생각이 들었어. 행복을 경험하게 해준 남자에게 생태탕 사주는 것쯤 아무것도 아니었지. 그를 앞질러 카운터로 가서 카드로 밥값을 계산했어. 그도 별다른 말을 하지 않았어. 예전, 언제나 그랬듯.

생태탕 집을 나서니 해가 상당히 기울어 있었어. 어둑어둑했지. 나는 알지도 못하는 동네를 더이상 빙빙 돌 생각이 없어졌어. 나는 내 의지로 한 사람에게서 벗어났고, 행복을 경험한 사람이니까 두려울 게 없었어. 그래서 아무 말 없이 그 골목을 돌아나와 횡단보도 앞에 섰어. 그 사람 역시 빙글빙글 웃기만 할 뿐 별다른 말은 하지 않았어. 이럴 줄 알았다는 웃음이었겠지. 내가 더이상 트릭을 쓰지 않고 내 거처를 알려줄 거라 생각했을지도 모르지.

다시 그 자리로 돌아왔어. 그 커피하우스로. 유리문 곁에서 삼색 고양이가 나를 올려다보더니 야옹 하고 울었어. 나는 빙긋 웃어주었지. 고양이는 꼬리를 치켜세우고 일어나더니 어딘가로 천천히 사라졌어. 어둠이 깔려 있었어. 고양이가 가는 곳에는.

나는 내 사무실로 걸음을 옮겼어. 지금쯤 사무실은 모두 퇴근하고 어둠에 잠겨 있을지도 몰라. 나는 사무실로 도망칠 수도 있을 테고, 사무실 아래층에 있는 화장실로 숨어들 수도 있을 거야. 그 옆 건물에 숨어들 수도 있을 거고. 하지만 그러지 않기로 했어. 나는 옆에 사람이 없는 것처럼 걸었어. 내 곁에는 아무도 없는 거야. 나를 묶어두고 나에게 자기의 증오와 분노를 쏟아내며 자기를 구원해줄 것처럼 나를 갈망하는 그런 사람은 없는 것처럼.

"저기에 내 집이 있어. 같이 가자."

예전에 알았던 어떤 남자의 거처가 내 사무실에서 100미터 밖에 떨어져 있지 않았던 거야. 하지만 나는 아무렇지 않았어. 나는 사무실을 옮기지 않을 거야. 아무 상관 없는 사람을 겁낼 필요가 없잖아. 내가 말했어. 원고 이리 줘. 검토해볼게. 그는 빙글빙글 웃으며 아니라고 했어. 우리집에 가자. 그가 말했어. 나는 단호히 대답했어. 아니, 안 가. 여기서 헤어졌으면 좋겠네. 나도 그만 들어가봐야겠어. 그리고 등을 돌렸어. 그가 따라

오는지, 아닌지 모르는 편이 좋겠다고 생각했어. 뒤돌아보지 않았지. 누군가의 기척이 느껴지는지 신경쓰지도 않았어.

　나는 사무실로 올라가면서 내가 오늘 만났던 사람이 토마토 요리를 좋아했으면 좋겠다고 생각했어. 그 옛날 어떤 사람과 내가 토마토 스튜를 끓여먹으며 보냈던 그 첫번째 겨울처럼. 아니, 그 사람이 다시 토마토 스튜를 좋아한다고 해도, 내가 그를 다시 좋아하게 될 것 같지는 않아. 나는 편견이 심하고, 한 번 돌아서면 두 번 다시 돌아보지 않는 사람이니까. 그래도 그런 마음이 드는 건 그 어떤 사람이 조금이라도 행복했으면 해서야.

로맨스 연구 1

프롤로그

거짓말은 영혼에서 나와서 세상을 돈다.[*]

보리가 하는 거짓말 중에 가장 허술한 것은 송어 한 마리가 그녀의 운명을 바꾸어놓았다는 말이었다.

누가 들어도 이상한 것이 성규가 처음 본 보리에게 송어 한 마리를 불쑥 건네고는 잠깐만 맡아달라고 했다는 것이다. 보리는 송어를 덥석 받아들고 성규가 돌아올 때까지 그 자리에서 꼼짝도 하지 않았다고 하는데, 성규의 말은 달랐다. 성규는 사거리 한복판에 우두커니 서 있는 보리를 향해 길 좀 비켜달라고 차창 밖으로 소리쳤을 뿐이었다고 했다. 성규가 우체국

---

[*] 제프리 워커 감독의 영화 〈알리의 웨딩〉(2017) 도입부에 나오는 대사.

에서 일을 보고 그 자리를 다시 지나가려고 하니 보리가 자신을 향해 손을 흔들며 무어라 말을 했고, 성규는 차를 세울 수밖에 없었다고 했다. 이 지점에서 두 사람의 진술이 확연히 갈렸다. 성규는 보리가 송어축제를 하는 곳으로 가려면 어디로 가야 하느냐고 물었다고 했으나 보리는 성규가 송어를 놓아주러 함께 가지 않겠느냐고 했다고 말했다.

그 대목에서 마을 사람들은 의아한 표정을 감추지 않고 보리에게 물었다.

"차를 운전하고 가던 성규씨가 왜 생판 모르는 보리씨에게 살아서 펄떡이는 송어를 맡겼을까요? 이상하지 않아요?"

보리가 대답했다.

"상식적이지 않지요. 그러니까 운명이라는 거잖아요. 나도 정말 이상했어요. 왜 나에게 송어를 들고 있으라고 했을까요. 나는 물고기를 좋아하지도 않는데."

사람들은 의아한 표정을 풀지 않고 이번에는 성규에게 물었다.

"그래서 보리씨를 송어축제에 데려다줬어요?"

성규는 차마 거짓을 말할 수는 없다는 듯 얼버무렸다.

"데려다주긴, 했지요."

사람들은 또다시 물었다.

"그래서 송어를 놓아줬어요?"

성규는 송어를 놓아주었느냐, 잡아왔느냐 하는 것은 두 사람이 만나게 된 진실과는 하등 상관없지만 이쯤 되면 사실대로 말하지 않을 수 없다는 듯 단호하게 대답했다.

"송어를 잡아왔지요."

보리는 웃음 지으며 머리를 저었다.

"송어를 강에 놓아주고 헤엄쳐가는 등을 바라보았어요. 송어가 물을 가르고 가는데, 등이 무지개처럼 빛났어요. 막 노을이 졌거든요. 그걸 보고 여기서 살아야겠다고 마음먹었어요."

성규가 말했다.

"송어를 잡아와서 매운탕 끓여먹었어요."

두 사람 중에 누구 말이 더 그럴듯하다고 생각하는지는 듣는 사람마다 달랐다. 여자들은 보리의 이야기가 아름답다고 했다. 보리가 하는 말들은 정말 그럴듯하고 아름다워서 그것이 진실이기를 바라는 사람들에게는 다른 그 무엇보다 진실이었다.

남자들은 여자들을 향해 한숨을 쉬었다.

"상식적으로 생각하자, 응? 상식적으로. 그때는 이 사람들아, 송어축제가 열릴 때가 아니야. 그때는 눈꽃축제가 열리는 때잖아."

보리는 자리에서 일어나며 명랑하게 물었다.

"커피 마실 사람?"

사람들은 한꺼번에 대답했다.

"쿠키도 함께요!"

커피와 쿠키를 먹으며 누군가가 기억을 더듬었다.

"눈꽃축제 때 꽁꽁 언 얼음에 구멍을 내주었어. 사람들은 그 구멍에서 송어를 낚았지. 그러고 보면 송어는 겨울에도, 봄에도 있었던 거야. 사시사철, 있었던 거야."

대화 1

보리가 횟집 골목 중앙에, 그러니까 송어횟집들과 어죽집들과 매운탕집들 사이에 쿠키가게를 열었을 때 동네 사람들이 의아해한 점은 어시장에 웬 뜬금없는 쿠키가게냐 하는 것이 아니라 난데없이 나타난 젊은 여자 보리의 정체였다. 며칠 동안 뚝딱뚝딱 인테리어 공사를 하면서 보리는 마주치는 모든 사람에게 싹싹하게 인사했다. 그 얼굴이 어찌나 자연스러웠던지 죽도 횟집 여자도, 맛있는 매운탕집 여자도 오랜만에 외지에서 돌아온 옆집 딸자식 보듯 반갑게 마주 인사했다.

죽도 횟집 여자,

"죽이네 어죽집 딸이라고 생각했죠. 중학교 마치고 서울로 갔었거든요."

맛있는 매운탕집 여자,

"아니죠. 그 집은 딸이 아니고 아들이거든요. 중학교 때 사고치고 포항인가, 울산인가 어디로 갔다고 했죠. 나는 쌍둥이 어죽집 세 쌍둥이 중에 막내라고 생각했어요. 세 쌍둥이였는데, 첫째와 둘째는 집에 있고 막내는 서울로 갔다고 했거든요."

싱글 횟집 여자,

"쌍둥이하고는 하나도 안 닮았잖아요. 길 끝에 있는 우아한 매운탕집 딸일 거예요."

우아한 매운탕집 남자,

"우리 딸 아니에요. 우리 딸이 저만큼 예뻤으면 내가 지 엄마 손 잡혀서 성형외과 보냈겠어요? 이놈의 마누라, 쌍꺼풀만 시켜오라고 했더니 얼굴에 뭘 잔뜩 넣어서 이마도 불룩, 광대뼈도 불룩, 턱 끝까지 불룩하게 만들어오더구먼. 그렇게 하면 얼굴이 작아 보인다나. 그럼 뭐 해. 성규네 횟집을 밤낮 드나들더니 살이 잔뜩 쪄설랑 턱이 목에 붙어버렸는데."

쌍둥이 어죽집 남자,

"우리 막내 이야기는 하지 맙시다. 누가 그 얘기 꺼냅디까? 나는 싱글 횟집이 전남편 사이에서 낳은 딸이 찾아온 줄 알았는데. 내 보기에 싱글 횟집하고 많이 닮았지 싶은데."

싱글 횟집 여자,

"근데 성규씨랑은 진짜 그날 처음 만난 거 맞나? 이전부터 알고 지냈던 사이 아닐까? 아무래도 수상해."

어쩌다 매운탕집 남자,

"성규씨네 횟집에 인테리어 물어본다고 들락거리던데, 횟집하고 쿠키가게가 인테리어적으로다가 공통점이 있나?"

어쩌다 매운탕집 여자,

"여보셔, 손님 받아요, 손님. 뭘 볼 게 있다고 자꾸 밖에 나가 사는겨?"

어쩌다 매운탕집 남자,

"아니, 이봐 이봐, 내가 왕년에 인테리어 했었잖아. 자고로 어떤 장사를 하든 말이지, 입구는 널찍한 게 좋거든. 손님들이 드나들 때 걸리적거리지 말아야 한단 말이지. 근데 문 앞에 저렇게 무슨 철망 같은 걸 세워놓고 말이지. 나한테 물어보면 내가 친절하게……."

어쩌다 매운탕집 여자,

"그거 일부러 세운 파티션이라는 거거등? 얼렁 들어와서 붕어 매운탕 좀 내가라고. 5번 테이블에서 벌써 몇 번을 불렀는지 모른단 말이야."

대화 2

보리의 정체를 탐색하는 눈들이 동네 한 바퀴를 돌고 난 뒤 보리는 횟집 골목 누구와도 혈연관계가 없는 외지인이라는 결론이 나왔다. 그러나저러나 보리는 여전히 보는 사람마다 싹싹하게 인사했고, 가게 오픈식 날 꼭 참석해달라는 말을 덧붙이며 상대의 손을 꼭 잡곤 했다.

'애옹애옹 디저트 카페'라는 간판을 달고 문을 연 첫날, 동네 사람들은 카페 안에 발을 디딘 순간부터 연신 감탄사를 터뜨렸다. 입구에 놓인 수많은 양초가 꿈속처럼 빛을 발했고 어디서 모아놓은 것인지 모를 고급스러운 황동그릇들과 장식품들, 거기 얹힌 한 번도 본 적 없는 빵이라 해야 할지, 쿠키라 해야 할지, 샌드위치라 해야 할지, 층층이 쌓인 아이스크림이라고 해야 할지 그것들을 보며 놀라워했다. 그 모든 감탄이 최고

조에 이른 자리는 역시 막 만들어낸 아름다운 디저트 앞에서였다. 이름도 고급스러운 밀푀유라나.

죽이네 어죽집 여자,

"양초란 양초는 모두 성규씨가 사준 거라던데. 매일 아침 보리씨 카페에 와서 초를 켜주고 회를 뜨기 시작한다더라고. 그러면 사시미 칼이 초칠을 한 것처럼 매끄럽다는 거야."

손이가요 어죽집 여자,

"성규씨가 그런 자상한 남자였던 걸 왜 우린 몰랐을까."

죽이네 어죽집 여자,

"자상한 남자라고 해도 손이가요네한테 자상하게 해줄 리가 없으니 평생 모를 일이지. 우리 남편도 연애할 때는 꽃도 막 사주고 그랬는데. 내가 버스회사 경리할 때였는데, 창문 안으로 불쑥 꽃다발 넣어주고 '만나자' 카더라니까."

손이가요 어죽집 여자,

"죽이네집 남편이 꽃다발 바친 거 내 눈으로 본 게 아니니 알 수 없는 일이지. 그렇게 쩨려볼 일은 아니고. 사실이잖아. 죽은 아들 뭐 만지기지. 근데 나는 아직도 의문이 남아 있거든. 보리씨가 왜, 어떻게, 무엇 때문에 우리 동네로 왔느냐 하는 거야."

그런 질문을 받은 보리는 벌써 수십 번은 되풀이했던 설명을 또다시 되풀이할 수밖에 없었다.

"송어 때문에요. 송어를 유기 동물로 만들 수가 없었어요.

저는 동물에 관해서는 너무너무 마음이 약하거든요."

손이가요 어죽집 여자,

"송어도 동물에 속하나? 어류 아닌가? 송어 한 마리 그냥 길
바닥에 놓아둔다고 해서 누가 뭐랄 것도 아니고, 그냥 거기 아
무 가게에나 갖다줘도 될 텐데, 그게 이유가 되나?"

보리는 당연히 생선도 동물에 속하며 생선이든 고기든 생
물에 대한 애정을 왜 이해하지 못하는지 진심으로 이해할 수
가 없었다. "성규씨가 잠깐 갖고 있으라고 했으니까요. 그런데
송어를 품에 안은 순간, 이 송어는 내 송어다 하는 느낌이 진하
게 들었고, 순식간에 송어에 대한 애틋함으로 가슴이 아팠고,
송어에 대한 깊은 책임감을 느꼈죠. 그래서 여기서 살아야겠
다는 결심이 들었어요"라고 입이 아프게 설명했다.

손이가요 어죽집 여자는 보리의 길고 진심어린 설명에도
납득할 수 없다며 고개를 저었고, 죽이네 어죽집 여자는 보리
가 쿠키가게를 오픈하기 전날 특별히 먼저 만들었다며 자기
집에 가져온 밀푀유를 맛보고 그건 본인이 지금까지 세상에서
맛본 가장 아름다운 맛이었으므로 보리의 설명을 이해할 수
있다고 했다. 그러고는 세상 어딘가 먼 곳을 바라보며 말을 이
었다.

"어쩌면 나는 밀푀유를 맛보기 위해 지금까지 여기 남아 있
었던 게 아닐까 하는 생각이 들었어. 작년에 남편이 죽고 나 진
짜 여기 뜨려고 했거든. 그런데 이게 웬일이야. 보리씨가 만든

밀푀유를 먹고 살아야겠다는 강력한 감정에 휩싸였어."

　죽이네 어죽집 사연을 잘 알고 있는 사람들은 아무 말도 덧붙이지 않았다. 죽이네 어죽집 남편과 아내는 서로 죽고 죽이겠다고 생선 다지는 칼을 들고 설치다가 그만 남편이 죽어버리는 사고가 난 것이었는데, 하루가 멀다 하고 둘이 싸워대는 통에 골목이 조용할 날이 없어 누가 죽어도 죽어야 저 싸움이 끝나지라고 거의 날마다 주고받았던 말이 씨가 되었다며 동네 사람 모두가 그 사고에 대해 일말의 죄책감을 지니고 있었기 때문이다.

대화 3

　어떤 횟집은 송어회를 떠다주고 체리 포레누아를 얻어와 바쁜 시간에 밥 대신 먹었으며, 어떤 어죽집은 붕어 어죽을 가져다주고 크루아상 샌드위치를 얻어와 아점으로 대신했고, 어떤 매운탕집은 쏘가리 매운탕과 애플 크럼블을 맞바꾸어 소화가 안 될 때 밥 대신 먹곤 했다. 모두 자기만의 특식을 보리의 디저트와 맞바꾸었다. 그렇게 일주일도 안 되어 애옹애옹 디저트 카페는 동네에서 사랑받는 놀이터가 되었다. 동네 여자들이 손님이 뜸할 때 밑반찬을 만들거나 생선을 손질해놓는 것이 아니라 카페에 들어가 앙증맞은 포크로 말차 다쿠아즈 같은 것을 찍어 먹으며 디저트에 열광할 때 동네 남자들은 성규의 행태를 유심히 지켜보기 시작했다. 도대체 왜, 어쩌다가, 보리가 성규를 좋아하게 되어 횟집 골목에 주저앉게 되었는가 하는 것이 진심으로 궁금했기 때문이다.

성규는 회를 전보다 더 매끈하게, 더 맛깔나게 떠놓는다는 것 말고는 별달리 달라진 것이 없어 보였다. 원래부터 무뚝뚝했던 사람인지라 이른 아침에 횟감을 받을 때도, 이집 저집 문을 열고 아침 청소를 시작할 때도, 잠시 쉬는 틈에 문밖에 나와 담배 한 대를 피울 때도 서로 눈이 마주치면 늘 하던 대로 눈인사만 가볍게 하고는 제 할일을 했다. 하지만 남자 열댓 명 중 유난히 매서운 눈을 가진 대여섯 명은 성규의 변화를 날카롭게 포착했다. 즉 남자들마저 성규의 숨은 매력을 찾아내고자 눈에 불을 켜고 밤낮없이 뒤를 밟았다는 말이다.

우아한 매운탕집 남자,

"성규, 그놈아, 아침에 송어 한 다라이 받아서 수족관에 쏟을 때 마침 보리씨가 나왔거덩. 수족관에 송어 쏟으면 지들끼리 팔딱거리고 지랄나잖아. 물도 막 튀고. 보리씨가 인사하니까 씨익 웃고는 팔등으로 입을 한번 쓱 훔치는 거 봤는데, 그놈아가 그래 폼 잡으면서 웃는 거 보니까 좀 멋져 보이긴 하더라."

쌍둥이 어죽집 남자,

"매일 아침마다 양초 켜주는 걸 봤거든. 무슨 영화에서 양초에 불 붙이듯 붙이더라니까. 우리 같으면 가스라이터로 총 쏘는 흉내내며 파바박 켜주고 말 텐데, 성냥으로 켜더라니까, 성냥으로. 그게 예사로운 일이 아닌 거라. 너 같으면 성냥 하나 갖고 양초 세 개 켜고 훅 불어 끄고, 또다시 하나 켜서 양초 세 개 켜고, 저 많은 걸 그래 하겠나?"

죽도 횟집 남자,

"숨 넘어가지. 패 죽인대도 그렇게는 못 하지. 나는 어젯밤에 성규씨가 횟집 문 닫고 보리씨네 카페 들어가는 거 봤거든. 보리씨가 마중나왔는데, 팔로 허리를 스윽 감는데, 이거 완전 선수더라고. 그러고는 머리에다가 입을 맞추는 거야. 그것만 했음 내가 말을 안 한다. 아, 글쎄 코에다가도 입을 맞추더라고. 뭔 이런 새끼가 다 있나 했다니까. 내가 짜르르 감전되는 것 같았단 말이지. 아, 이거 동네 여자들 보면 안 되는데……."

대화 4

　　동네는 더할 나위 없이 평화로웠다. 횟집 골목은 갈수록 관광객들과 동네 주민들의 발길이 잦아졌다. 손님들은 가게에서 회와 매운탕, 어죽을 먹고 난 뒤 반드시 디저트 카페에 들러 입가심을 하고 갔다. 디저트 카페도 번성하고 가게들도 번성했다. 송어, 메기, 쏘가리, 산천어 등은 수족관에 부어진 뒤 1시간도 채 안 되어 도마에 올려졌지만 동네의 평화로움을 즐기며 여유롭게 헤엄쳤다. 평화로운 날이면 죽이네 어죽집 여자는 날마다 죽은 남편을 그리워했다. 죽은 남편이 그리운지, 죽도록 싸웠던 그날들이 주던 살 떨리게 긴장감 넘쳤던 일들이 그리운지 알 수 없는 노릇이라며 동네 여자들은 죽이네 어죽집 여자의 한숨을 염두에 두지 않았다. 동네 여자들에게는 매일 새로워지는 보리의 디저트와 여자들 한 명 한 명에게 짓는 눈

웃음과 미소가 몹시도 좋았을 뿐이었다.

너도 나도 평화롭던 어느 날이었다. 아니, 어느 날 밤을 지나 동이 트기 전 꼭두새벽이었다. 싱글 횟집 여자는 그날 따라 일찍 잠에서 깼는데, 여간해서 도로 잠들지 못하고 뒤척였다. 요새 왜 이리 싱숭생숭한지, 잠이 들기도 어렵고 잠에서 깨면 한숨만 나오는지, 여름이 다가오도록 아직도 두툼한 겨울 이불을 끌어안고 이리 뒤척, 저리 뒤척거리는지 그 원인을 찾으려고 애썼다. 그러다가 문득 이 무슨 쓸데없는 짓인가, 무지개 송어회를 한 점 한 점 심혈을 기울여 뜨다보면 언제나처럼 나도 모르게 무념무상의 경지에 들어갈 텐데 싶어 벌떡 일어나 출근했다. 새벽이라 해야 할지, 이른 아침이라 해야 할지 아직은 어스름이 깔린 5시 30분, 골목 이쪽 끝에서 저쪽 끝까지 싱글 횟집 여자의 비명이 울려퍼졌다.

높디높은 비명이었으나 아직 출근한 이가 없어 비명은 아무런 반응 없이 차분하게 가라앉았고 싱글 횟집 여자는 미친 듯이 골목 끝까지 뛰어갔다. 싱글 횟집이 골목 끝에 있었기 때문인데, 싱글 횟집 여자의 예상대로 골목 어귀 죽도 횟집에서 벌어진 사건이 골목 중앙 성규의 횟집을 거쳐 자신의 가게에까지 미쳐 있음을 발견하고 다시 한번 비명을 질렀다. 싱글 횟집 여자는 횟집 주인들에게 먼저 전화를 해야 할까, 경찰서에 신고해야 할까 당황한 와중에도 잠시 생각을 가다듬었다. 싱글 횟집 여자는 골목 여자들 중 가장 차분한 편에 속했으므로 먼저 파출소에 신고하고 횟집 주인들에게 전화를 돌렸다. 물론 횟집뿐 아니라 간판 순서대로 모든 가게에 전화를 돌렸고 전화를 받은 순서대로 가게 주인들이 단잠을 박차고 일어나 골목 안으로 뛰어들었다.

이 골목이 생겨난 이래 가장 큰 사건이 벌어진 것이었다. 무려 일곱 군데 횟집 앞에 놓인 수족관이 모두 박살이 나 있었던 것이다. 길바닥에 쏟아진 송어, 메기, 쏘가리, 산천어 등이 아직 팔딱팔딱 몸을 뒤치고 있는 것을 보면 사건이 벌어진 시간이 그리 오래되지 않은 듯하다는 것이 경찰의 판단이었다. 경찰 일부는 피해를 입은 가게를 기웃거리며 무언가를 찾는 듯했고, 일부는 동네에 설치된 CCTV 위치를 확인하며 돌아다녔다.

피해를 입은 가게 주인들이 아직 살아 있는 생선을 거두고 깨진 유리들을 수습하며 분주히 움직이는 동안 성규는 가게 정면에 서서 팔짱을 끼고 짝다리를 짚은 채 깊은 생각에 잠겨 있었다. 마치 용한 탐정이 작은 단서를 보고 곰곰이 생각에 잠겨 있는 것 같아 아무도 건드리지 않았다.

파출소장쯤 되어 보이는 사람은 사건이 생각보다 크다며 본서에 수사관 파견을 요청하는 전화를 했다. 가장 먼저 도착한 수사관은 이 많은 수족관을 하룻밤에 깨뜨린 것을 보니 초범이고 특정한 사람과 원한관계에 있는 것 같지는 않지만 흔적을 많이 남겨서 범인을 잡는 데는 그리 어렵지 않을 것 같다며 동네 사람 모두와 인터뷰할 것이라고 했다.

수사관은 그날 새벽 어디에서 무엇을 했느냐와 같은 기본적인 알리바이는 묻지 않았다. 다만 다짜고짜 "누가 이런 짓을 했을 거라고 생각해요? 짐작 가는 데 있어요?"라고 물었다.

죽도 횟집 남자,

"아니, 아니요. 나는 아무도 의심하지 않아요. 나는 전혀 모르겠어요."

어쩌다 매운탕집 여자,

"그걸 알면 내가 벌써 얘기했게요. 불 지르지 않은 게 다행이지 정말."

싱글 횟집 여자,

"CCTV 확인해봤으면 누군지 특정할 수 있을 거 아니예요? 우리한테 물어볼 게 아니라 범인의 인상착의를 특정해서 수사를 해야지요. 사진이라도 보여줘봐요. 우리가 추정해볼라니까."

쌍둥이 어죽집 여자,

"여기 드나드는 사람이 얼마나 많은데요. 수상한 사람을 찾자면야 한둘이 아니죠. 아니, 그렇다고 뭐 제가 누구라고 콕 집어 말할 수는 없고요……."

성규,

"누군지 제가 어떻게 알겠습니까. 범인을 잡으면 왜 그랬는지 이유나 듣고 싶습니다."

묵직하고 쿨하게 두 마디 뱉은 성규. 성규가 그렇게 대답하고 나자 다른 사람들은 이러쿵저러쿵 떠들 수가 없어졌다. "내가 말이야, 오래전부터 어떤 놈이 수상하다 싶었는데" 하며 수다를 떨기 시작하려던 우아한 매운탕집 남자는 괜히 성규의 눈치를 보다가 입을 꾹 닫고 일어섰다. 집에 가는 길에 우아한 매운탕집 남자는 옆에서 함께 걷는 손이가요 어죽집 남자에게 기어이 한마디 건네고 말았다.

"성규 저 사람 너무 폼 잡는 거 아냐? 저런 사람이 아니었잖아. 지난번에 영업점마다 균등하게 상가발전기금 내라고 했을 때도 매출액 기준으로 다시 산정하자고 쫀쫀하게 굴었던 사람이라고."

손이가요 어죽집 남자도 맞장구쳤다.

"다 결정난 거 뒤집은 사람이 저이였지, 연애가 좋긴 좋은가, 사람이 변하기도 하고."

원래 무뚝뚝하고, 고집도 세고, 사사건건 원리원칙을 따지던 성규가 연애하면서 얼마간 낙낙해졌다는 것이 마을 사람들의 중론이었다.

범인이 잡혔다. 수많은 동네 고등학생 중 하나였다.

범인,

"그냥 답답해서요. 이 가슴이, 이 가슴이 말이에요. 무언가로 꽁꽁 묶여 있는 것 같았어요. 그래서 내 마음을 깨듯 수족관을 깼어요. 강둑이 무너진 듯 물고기들이 쏟아지는데, 마치 내 마음을 가둔 둑이 터지는 것 같았어요. 내가 자유로워진 것 같았어요."

유치장에 갇혀 퍽이나 자유롭겠다며 벌금 물어낼 네 아비가 불쌍하다고 범인을 한 대 쥐어박은 사람은 다름 아닌 범인의 아버지였다. 우리가 익히 알고 있는 어쩌다 매운탕집 남자. 어쩌다 매운탕집 여자는 동네 창피해서 어디엔가 숨어서 울고 또 울었다. 피해를 입은 횟집들은 피해 액수를 적어 들고 경찰서로 갔다. 합의하면 범인은 훈방할 것이라고 했고 다들 애들은 실수하기 마련이라며 피해액만 돌려받으면 된다고 했다.

성규는 범인과 마주앉아 몇 마디 더 나누었다. 그는 수족관 값을 물지 않아도 된다고 했다. 범인의 이야기를 들어보니 그 심정이 이해되었으며 자신의 사춘기 시절을 돌이켜보는 계기가 되어 오히려 고맙다고 했다. 성규는 마중나온 보리의 손을 잡고 동네 사람들 앞에서 멋지게 한마디 남기고 돌아섰다.

"용서해줄 테니 깨끗이 잊자, 그리고 열심히 사는 거다, 알겠지?"

범인은 어쩌다 매운탕집 남자 손에 잡혀 집으로 가면서 성규가 당부한 말이 열심히 공부하라는 말이 아니어서 진심으로 반성했다며 반드시 열심히 살겠다고 했다. 성규는 보리의 허리에 손을 감은 채 머리에 입을 두어 번 맞추고는 천천히 걸어 횟집으로 들어갔다. 합의서를 손에 쥔 마을 사람들은 성규처럼 배포 크게 용서하지 못한 자신이 부끄러워 고개를 떨구었다. 그중 두어 명은 다시 경찰서로 돌아가 이웃의 아들을 깨끗이 용서해주기로 했다며 합의금을 받지 않겠다고 서약했다. 다시 불려나온 어쩌다 매운탕집 남자는 두 사람의 손을 꽉 쥐고 거듭 고맙다고, 내 이놈의 모가지를 비틀어서라도 사람 만들겠다고 다짐했다. 두 사람은 동네 사람들 모두가 보는 앞에서 멋지게 용서한 성규한테 한 끗 차이로 졌다는 느낌을 갖기는 했지만 그래도 소문은 돌겠지 하며 가슴을 죽 펴고 집으로 돌아갔다.

죽이네 어죽집 여자는 모처럼 활기를 띠며 수선스럽게 나누던 수다들이 순식간에 가라앉자 "이미 죽은 물고기나 다지는 건 아무래도 나에겐 어울리지 않는 것 같아. 내 수족관이 폭탄 맞은 듯 부서졌다면, 어쩌면 나는 난생처음 맛보는 자유로움에 다시 싱싱하게 태어나는 것 같았을지도 몰라. 나도 횟집이나 해볼까" 하며 어디 내놓은 횟집 없는지 벼룩시장을 집어들고 집으로 들어갔다.

보리는 문지방을 넘기 전에 성규에게 다정하게 말했다.

"사춘기 말썽꾸러기들을 이해할 수 있다니 성규씨 마음의 깊이는 정말 잴 수도 없을 것 같아."

문지방을 막 넘으려다가 발이 걸린 성규는 엎어지기 직전에 가까스로 몸을 일으켜세우고는 이마의 땀을 닦으며 더듬거렸다.

"아니, 뭐, 그거야, 뭐. 그때 사내애들이 뭐, 다들 그렇지."

보리의 손을 꼭 쥐고 성규는 마음속으로 중얼거렸다.

'사춘기 성규가 저 먼 고장에서 어떤 짓을 저지르며 어떻게 살았는지 알게 뭐냐고. 사업도 젊을 때 실패해봐야 한다고 하지 않냐고. 어릴 때 사고 안 치고 자란 놈은 다 늙어 사고를 치게 되어 있다고.'

성규는 보리가 막 내린 콜드브루와 시판용으로 만들었다는 아이스크림 밀푀유를 먹으며 보리에게 점잖게 미소 지었다.

"음, 정말 맛있군. 정말 솜씨가 좋아."

그렇게만 말했을 뿐인데, 보리가 성규의 귀뺨에 살짝 입을 맞추었다. 순식간에 그쪽 뺨이 뜨겁게 달아오른 성규는 보리를 확 끌어안고 싶었지만 가까스로 욕망을 억누르고 다시 한 번 지그시 미소 지었다.

무더운 여름이 오고 디저트 카페에서는 아이스크림 밀푀유가 날개 돋친 듯 팔려나갔다. 회와 매운탕과 어죽집을 지나쳐 디저트 카페로 간 손님들은 아이스크림을 물고 와 송어와 메기, 쏘가리 등이 한가로이 헤엄치는 수족관을 들여다보았다. 물고기들은 이틀 넘게 수족관에 갇혀 있어서 답답하다는 듯 가끔 몸을 핑그르 뒤집으며 유리벽에 부딪치곤 했다.

여름이면 회와 매운탕을 찾는 손님들이 반으로 준다는 것을 익히 알고 있는 가게 남자들은 그럼에도 불구하고 괜히 기분이 상했다. 아이스크림 떨어진다며 수족관 앞에서 비키라고 싫은 소리를 하게 되었고 손님들은 미묘한 미소를 지으며 슬금슬금 자리를 비키곤 했다. 그러면 그럴수록 기분이 상한 남자들은 여전히 디저트 카페에 드나드는 아내들에게 가게에 와서 콩나물 대가리나 따고 청소나 하라고 잔소리하게 되었고 그러면 그럴수록 아내들은 콧방귀를 뀌며 카페로 숨어들었다.

어느 날 새벽 똑같은 사고가 발생했다. 횟집 수족관들이 또다시 박살난 것이었다. 경찰은 물론 횟집 주인들은 유력한 용의자로 지난번의 범인을 지목했다. 그러나 경찰서에 불려온 어쩌다 매운탕집 아들은 성규의 당부대로 열심히 살고 있는 자신에게 왜 이런 혐의를 씌우냐며 강력히 반발했다. 이번만큼은 아들을 믿어주고 싶었던 어쩌다 매운탕집 남자까지 거세게 반발하는 통에 경찰은 수사를 원점으로 돌렸다. 골목 곳곳에 설치된 CCTV 한 번 돌려보았을 뿐인데, 수사는 싱겁게 끝이 났다. 역시 수많은 동네 고등학생 중 하나였다. 이 녀석은 저쪽 골목 백반집 아들이었는데, 어쩌다 매운탕집 아들의 '수족관 파손 전말에 관한 변명'이 자신의 머리를 내리치는 듯해 갑작스럽게 각성했다고 했다. 학교에 갇히고, 학원에 갇히고, 집안에 갇혀 모범생의 삶을 살고 있는 자신이 한없이 작아 보였고, 그럼에도 불구하고 아무것도 못 하고 있는 자신이 한없이 무력해 보였다고 했다. 모두 잠든 새벽녘 홀연히 일어나 앉은 녀석은 동네 횟집 수족관을 깨뜨리면 자신을 가두고 있는 현실에서 벗어날 것만 같은 강력한 감정에 휩싸여 집을 뛰쳐

나왔다고 했다. 아닌 게 아니라 수족관 하나를 깨고, 둘을 깨고, 셋을 깨고, 마침내 일곱 개를 다 깨고 나자 마치 왜소한 자신의 몸을 깨고 거대한 사람으로 다시 태어나는 듯한 느낌을 받았다고 했다. 거기까지 듣고 횟집 주인들과 동네 사람들은 한꺼번에 달려들어 녀석의 머리통을 쥐어박았다.

성규는 아연실색하여 주먹을 들어올리지도 못했다. 주민들은 이제 녀석에게서 몸을 돌려 성규에게 삿대질을 했다. 범죄자에게는 합당한 벌을 주어야 모방 범죄를 예방하는 것이라며 점잖게 얘기한 사람은 하나도 없었고, "이 사람아, 자네 때문이야! 사람이 괜히 폼만 잡고 말이야, 자네 때문이라고! 그때 제대로 벌을 받았으면 이런 일이 다시 일어나지 않았을 거잖아!"라고 하며 성규에게 달려들었다. 그때 성규를 흉내내며 통 크게 용서해주었던 두 사람 역시 자신에게 화살이 돌아올까봐 성규를 탓했다. 범죄자 녀석을 법대로 처벌하기로 하고 일단락되었지만 마을 사람들 사이에서 오가는 말은 갈수록 커져만 갔다. 바야흐로 때는 여름이라 횟집 골목에 손님이 적었던 터라 문밖에 나와 이 말 저 말 보탰기 때문이다.

어쩌다 매운탕집 남자는 괜히 기분이 나빠졌다. "아니, 지난 일을 들추어 뭘 어쩌자는 거야. 그때 난 합의금 다 물어줬다고. 안 받겠다는 사람들한테 억지로 쥐어줘야 하는 거냐고. 왜 사람을 죄인 만드냐고" 하면서 어쩌다 매운탕집 남자는 마을 사람들을 외면했고 마을 사람들은 그런 그를 또 외면했다.

집집마다 부부 싸움이 늘어만 갔다. 아내들은 걸핏하면 시비를 걸어오는 남편이 싫어졌다며 디저트 카페에서 아이스크림을 먹으며 남편 흉을 늘어놓았다. 이 더운 여름에 하루 한 번 샤워하는 게 그렇게 어려운 거냐며 우아한 매운탕집 여자는 남편 냄새에 질렸다고 투덜거렸다. 죽도 횟집 여자는 남편이 날이면 날마다 수족관 파손 사건을 거론하며 수족관에 경보장치를 달고 파손하면 열 배를 배상해야 한다는 문구까지 걸어뒀다고, 어쩌면 그렇게 깐깐한지 숨도 못 쉬겠다고 했다. 이럴 때는 싱글 횟집 여자가 부럽다고 누군가 말하자 싱글 횟집 여자는 나 외로운 데 너희가 도와준 거 있냐고 비아냥댔다. 긴장감이 감돌기도 전에 보리가 새로운 밀푀유를 내놓았다.

"테스트해주실 거죠?"

보리가 묻자마자 여자들이 입을 모아 화답했다.

"물론이죠!"

한 침대에 누워 등을 돌리고 자는 부부가 늘어나던 어느 밤, 너무 더워 잠 못 들고 밖으로 나온 우아한 매운탕집 여자가 보리와 성규가 티격태격하는 모습을 목격하고야 말았다. 보리가 성규에게 빨리 와달라고 하는데, 성규는 수족관에 두꺼운 비닐을 씌워놓느라 못 들은 듯했다. 보리가 달려와 크게 불러서야 성규는 뒤를 돌아보았고 부르는 소리를 들었느니, 못 들었느니 하면서 실랑이를 벌였다. 성규는 뭘 대수롭지도 않은 일 갖고 성화냐고 했고, 보리는 내가 부르는 게 왜 대수롭지 않은 일이냐고 따졌다. 그래서 "무슨 일인데?"라고 성규가 묻자 보리가 이제 와서 그걸 묻냐고 되묻더니 잠시 팔짱을 끼고 짝다리를 짚은 채 성규를 노려보다가 휙 돌아서 들어가버리고 말았다. 성규는 어이없다는 듯 보리를 잠시 바라보다가 다시 비닐을 씌우느라 낑낑거렸다. 두꺼운 파란색 비닐은 길이가 좀 짧았다. 수족관 위를 덮으면 아래가 드러났고 아래쪽을 가리자니 위쪽에서 고정되지 않았다. 마침내 성규는 "에이, 씨, 왜 이렇게 짧게 잘라줬어" 하며 화를 내곤 수족관 위에 휙 집어던지고 들어가버렸다.

동네 남자들은 점잖게 '내 아내'라고 지칭하던 호칭을 공공연하게 '이놈의 여편네'로 바꿔 부르기 시작했다. 이놈의 여편네가 또 청소를 안 해놓았네. 이놈의 여편네가 미나리를 안 사놨네. 이놈의 여편네가 육수를 안 끓여놓고 어디 가서 노는 거야. 이놈의 여편네들은 어떻게 하면 영업을 잘할까, 어떻게 하면 수족관을 잘 지킬까 하는 건 손톱만큼도 궁리하지 않고 어딜 가서 놀고 있는 거야. 어디긴 어디야, 디저튼지 뭔지 하는 카페겠지. 거기에 도대체 뭘 숨겨둔 거지? 맛있는 과자 먹는다잖아요. 달달한 과자도 하루, 이틀이지 물리지도 않나? 밀푀유에 무슨 햄 같은 걸 넣었는데, 그렇게 맛있다잖아요라고 누군가가 말하자 다들 침을 꼴깍 삼켰다.

보리는 성규가 들고 온 송어회를 조리대에 올려놓고 한참을 노려보았다. 무려 3분이나 두 사람은 입을 꾹 다물고 있었다. 마침내 숨을 훅 내뿜으며 밀푀유에 하몽을 넣는 거나 송어를 넣는 거나 뭐가 다르냐고 성규가 먼저 입을 열었다. 보리는 하몽과 송어는 다르다고 세번째 얘기하고 있다고 대답했다. 골목 가게 중에서 디저트 카페만 성업이니 지역 특색을 살려서 송어를 넣어 팔면 누이 좋고, 매부 좋은 게 아니냐고 간신히 숨을 고르며 성규가 다시 곱게 말했다. 보리는 밀푀유가 뭔지 모르면 인터넷을 뒤져보라며 곱지 않게 대답했다. 성규는 어쩜 이렇게 말이 안 통하는지 모르겠다며 뒤돌아 카페를 나갔는데, 그 뒤통수에다 송어를 던지지 않은 건 순전히 보리의 성격이 좋아서였다고 뒷말이 돌았다.

에필로그

"디저트 카페가 성업을 이루는 건 모두 여러분 덕택입니다. 오늘 밤 제가 여러분에게 대접하고자 하니 한 분도 빠짐없이 카페에 들러주시기 바랍니다."

여자들은 보리가 돌린 초대장을 들고 싫다고 버티는 남자들을 앞세워 디저트 카페에 들어섰다. 카페에 들어가던 사람들은 모두 어리둥절해했다. 카페 안의 테이블과 의자가 싹 다 치워져 있었고 보리가 들어오는 사람들에게 불 붙인 양초를 네다섯 개씩 들려주었기 때문이다.

보리,

"강으로 내려가세요, 거기 가면 알게 돼요. 어서요, 어서!"

마을 사람들은 불이 붙은 양초를 손에 가득 들고 조심조심 서로의 뒤를 따라 강으로 내려갔다. 강안에 도착해서야 모두 강이 거기 있다는 것을 처음 안 사람들처럼 환호했다. 해가 저물기 직전의 강안을 따라 길게 테이블이 놓여 있었고, 테이블 위에는 아름다운 디저트들과 수많은 촛불이 빛을 발하고 있었다.

여름이 농익은 강가에 저녁 바람이 불어오기 시작했고 촛불이 바람에 흔들렸다. 성규가 샴페인을 터뜨렸다. 샴페인 잔을 손에 든 남자들은 자기 여자를 바라보며 멋쩍게 웃었고 여자들은 자기 남자를 마주보며 너무 멋지지? 응? 너무 멋지잖아라며 대답을 강요했다.

싱글 횟집 여자,

"그러고 보니 우리가 치르는 축제는 전부 외지인을 위한 것이었어."

손이가요 어죽집 여자,

"송어축제도!"

어쩌다 매운탕집 여자,

"눈꽃축제도!"

우아한 매운탕집 남자,

"그러게, 그랬네. 우리를 위한 축제는 한 번도 열지 않았어. 보리씨가 우리를 위해 축제를 열어주는 거구나."

테이블에 둘러앉아 크루아상 샌드위치를 먹고, 체리 포레누아를 먹고, 말차 다쿠아즈를 먹고, 애플 크럼블까지 먹고 나자 슬슬 땅거미가 짙어졌다.

죽도 횟집 남자,

"뭐야? 뭘 또 나눠주는 거야?"

쌍둥이 어죽집 남자,

"축제는 뭐니뭐니해도 불꽃놀이가 최고지! 이 사람들 센스 있네!"

여자들이 먼저 성규에게서 손에 손에 폭죽을 받아들고 어린아이들처럼 달려갔다. 남자들도 강을 따라 달려갔다. 누군가 맨 처음 폭죽을 쏘아올렸다. 땅거미가 내려앉은 강가, 어스름한 하늘에서 불꽃이 터졌다. 뒤를 이어 슝슝 폭죽이 하늘로 날아갔다. 팡팡팡, 연달아 불꽃이 터지고 여자들의 높은 웃음소리와 가벼운 비명도 함께 터졌다. 야외용 테이블 세 개가 한꺼번에 한쪽으로 무너지고 만 것이다.

에필로그 이후 대화 1

죽도 횟집 여자,

"보리씨가 떠났다며? 어떻게 그렇게 훌쩍 떠날 수가 있어?"

싱글 횟집 여자,

"빨래를 걷어야 한다며 기차 타고 떠났다는데?" †

어쩌다 매운탕집 여자,

"무슨 그따위 핑계가 있어?"

싱글 횟집 여자,

"그러니까 떠나는 덴 이유가 없다는 거지."

우아한 매운탕집 여자,

"생선 냄새에 도저히 익숙해지지 않아서 떠난다고 나한테

---

† 양준일의 노래 〈판타지〉 가사 중 일부.

고백했어."

싱글 횟집 여자,

"이유가 없다니까. 그냥 디 엔드인 거지. 싫증난 거야."

죽도 횟집 여자,

"그럴 리가 없어. 갑작스럽게 무슨 일이 생긴 거겠지. 아버지가 돌아가셨거나."

싱글 횟집 여자,

"보리씨 아버지? 보리씨에게 아버지가 있는지, 어머니가 있는지 아는 사람 있어? 어디서 왔는지 아는 사람 있어?"

아니. 아니. 나도 모르는데. 그러게, 그러고 보니 아무것도 모르네. 하지만 그건 우리도 마찬가지잖아. 우리가 어디서 어떻게 여기로 오게 되었는지, 누가 알겠어.

모두 침묵 속에서 숙연히 고개를 끄덕거렸다.

싱글 횟집 여자,

"내가 짐작하는 이유가 있어. 축제는 보리씨 아이디어였고 성규씨는 수많은 가게를 두고 왜 강에서 저녁을 먹냐고 했지. 마지못해 테이블을 설치했는데, 마지못해 한 게 그렇지. 와장창 무너져버렸잖아."

쌍둥이 어죽집 여자,

"그래도 축제는 즐거웠어."

죽도 횟집 여자,

"그런데 왜 성규씨는 보리씨를 찾아 떠나지 않는 걸까? 영

화 보면 다들 쫓아가잖아. 둘이 사랑한 거 아냐? 왜 그냥 떠나
도록 내버려둔 걸까?"

어쩌다 매운탕집 여자,

"성규씨 가게 문 닫고 혼자 멍하니 앉아 있는 거 봤지? 사흘
째야."

싱글 횟집 여자,

"배신당한 기분, 아, 왜 내가 배신당한 기분이지? 왜 내가 버
림받은 기분이지?"

로맨스 연구 2

프롤로그

　보리가 하는 거짓말 중에 가장 허술한 것은 송어 한 마리가 그녀의 운명을 바꾸어놓았다는 말이었다.

　누가 들어도 이상한 것이 성규가 처음 본 보리에게 송어 한 마리를 불쑥 건네고는 잠깐만 맡아달라고 했다는 것이다. 보리는 송어를 덥석 받아들고 성규가 돌아올 때까지 그 자리에서 꼼짝도 하지 않았다고 하는데, 성규의 말은 달랐다. 성규는 사거리 한복판에 우두커니 서 있는 보리를 향해 길 좀 비켜달라고 차창 밖으로 소리쳤을 뿐이었다고 했다. 성규가 우체국에서 일을 보고 그 자리를 다시 지나가려고 하니 보리가 자신을 향해 손을 흔들며 무어라 말을 했고, 성규는 차를 세우지 않을 수 없었다고 했다. 이 지점에서 두 사람의 진술이 확연히 갈렸다. 성규는 보리가 송어축제를 하는 곳으로 가려면 어디로 가야 하느냐고 물었다고 했으나 보리는 성규가 송어를 놓아주러 함께 가지 않겠느냐고 했다고 말했다.

그 대목에서 마을 사람들은 의아한 표정을 감추지 않고 보리에게 물었다.

"차를 운전하고 가던 성규씨가 왜 생판 모르는 보리씨에게 살아서 펄떡이는 송어를 맡겼을까요? 이상하지 않아요?"

보리가 대답했다.

"상식적이지 않지요. 그러니까 운명이라는 거잖아요. 나도 정말 이상했어요. 왜 나에게 송어를 들고 있으라고 했을까요. 나는 물고기를 좋아하지도 않는데."

사람들은 의아한 표정을 풀지 않고 이번에는 성규에게 물었다.

"그래서 보리씨를 송어축제에 데려다줬어요?"

성규는 차마 거짓을 말할 수는 없다는 듯 얼버무렸다.

"데려다주긴, 했지요."

사람들은 또다시 물었다.

"그래서 송어를 놓아줬어요?"

성규는 송어를 놓아주었느냐, 잡아왔느냐 하는 것은 두 사람이 만나게 된 진실과는 하등 상관없지만 이쯤 되면 사실대로 말하지 않을 수 없다는 듯 단호하게 대답했다.

"송어를 잡아왔지요."

보리는 웃음 지으며 머리를 저었다.

"송어를 강에 놓아주고 헤엄쳐가는 등을 바라보았어요. 송어가 물을 가르고 가는데, 등이 무지개처럼 빛났어요. 막 노을이 졌거든요. 그걸 보고 여기서 살아야겠다고 마음먹었어요."

성규가 말했다.

"송어를 잡아와서 매운탕 끓여먹었어요."

두 사람 중에 누구 말이 더 그럴듯하다고 생각하는지는 듣는 사람마다 달랐다. 여자들은 보리의 이야기가 아름답다고 했다. 보리가 하는 말들은 정말 그럴듯하고 아름다워서 그것이 진실이기를 바라는 사람들에게는 다른 그 무엇보다 진실이었다.

남자들은 여자들을 향해 한숨을 쉬었다.

"상식적으로 생각하자, 응? 상식적으로. 그때는 이 사람들아, 송어축제가 열릴 때가 아니야. 그때는 눈꽃축제가 열리는 때잖아."

보리는 자리에서 일어나며 명랑하게 물었다.

"커피 마실 사람?"

사람들은 한꺼번에 대답했다.

"쿠키도 함께요!"

커피와 쿠키를 먹으며 누군가가 기억을 더듬었다.

"눈꽃축제 때 꽁꽁 언 얼음에 구멍을 내주었어. 사람들은 그 구멍에서 송어를 낚았지. 그러고 보면 송어는 겨울에도, 봄에도 있었던 거야. 사시사철, 있었던 거야."

연애가 바꾸어놓는 것

보리는 브런치 약속이 있어 친구를 만나러 가는 도중에 우연히 새를 갖고 가는 사람을 세 번 만났다. 집에서 나와 골목으로 접어들다가 새가 든 조롱을 들고 오던 중년 여자와 맞닥뜨렸다. 그 여자는 줄곧 조롱 속의 새를 바라보며 걷느라 조롱이 보리와 부딪치고 나서야 고개를 들었다. 그 여자는 눈물어린 눈으로 웃고 있었다. 보리는 여자의 눈물과 조롱 속의 새를 번갈아보느라 특별한 생각을 하지 못했다.

두번째로 새를 본 것은 친구와 브런치를 먹고 헤어져 집으로 돌아가던 중이었다. 길을 걷다가 어떤 가게 앞에 내놓은 의자에 앉아 있는 사람을 지나치게 되었는데, 그때 갑자기 보리는 무언가가 자신을 돌려세우는 듯한 느낌이 들었다. 의자에 앉은 남자의 머리 위에 새가 한 마리 있었다. 보리를 불러 세운

게 새였는지, 남자였는지는 모르겠지만 아무튼 새가 보리를 보고는 작은 발짝으로 한 바퀴 돌았다. 그러고는 보리를 보더니 궁둥이를 내리고 앉았다.

보리는 새점을 치는 사람인가 하고 남자를 훑어보았으나 특이점이라곤 없었다. 겨울이라 두툼한 옷차림에 목도리까지 둘둘 감았고 두 팔은 가슴 밑에 느슨하게 팔짱을 끼고 있었다. 가지런히 모은 발 앞에는 '새점 칩니다' 따위의 팻말은 보이지 않았다. 남자는 지나가던 보리가 다시 돌아와 자기 앞에서 유심히 살펴보는 것조차 의식하지 못한 듯 눈을 지그시 감고 겨울 볕을 쬐고 있을 뿐이었다. 가게는 그 동네에서 흔히 보는 싸구려 도자기 따위를 파는 곳이었다. 보리가 새에게 손을 흔들고 자리를 뜨려고 하자 새가 입을 열고 까아악 소리를 냈다. 까마귀도 아닌데 까아악이라니. 새는 푸른빛이 도는 연두색이었다. '앵무새인데 까마귀 언어를 배웠나' 하는 생각으로 보리도 까아악 하고 대답해주었다. 새는 그것을 이별의 말로 알아들었는지 고개를 돌리고 눈을 감더니 궁둥이를 조금 움직여 안정적으로 자리를 잡았다. 남자는 볕을 쬐며 졸고 있었고 바야흐로 새도 졸음에 빠질 모양새였다. 보리는 피식 웃고 발길을 돌렸다.

세번째로 새를 만난 것은 전철역을 나와서였다. 보리는 한 통의 전화를 받았다. 지방에 사는 태호 선배였다. 선배는 다짜고짜 말했다.

"보리야, 너 내려와서 여기 일 좀 봐줘라. 너 하는 일도 없지? 다 말아먹었다고 소문났다. 여기 오면 숙식 해결되잖아. 이렇게 좋은 일자리가 어딨냐? 당장 내려와라."

보리는 자존심이 상해 아직 살 만하다고 대답하고 전화를 뚝 끊어버렸다. 곧바로 태호가 다시 전화했다. 손바닥 안에서 휴대전화가 바르르 바르르 떨고 있는 사이 길가의 풍경이 눈에 들어왔다. 맨날 오가며 보던 작은 꽃집 앞에 웬 할아버지가 좌판을 벌여놓고 있었다. 새 한 마리가 방정맞게 돌아다니는 조롱 앞에 '새점 칩니다'라고 쓰인 박스 조각이 세워져 있었다. 보리는 새점을 치고 말 것도 없이 결론이 났다고 생각했다. 방정맞게 통통 튀어다니는 새에게 손을 흔들어주고 집으로 뛰어갔다. 태호 선배에게는 문자를 보냈다. "당장 내려갈 테니 제일 좋은 방 비워놔요."

보리가 N시행 버스를 탈 때 남쪽 도시 N시는 오후 5시부터 10년 만의 폭설이 예고되어 있었다.

보리가 N시 터미널에 도착했을 때 예고되었던 폭설이 쏟아지기 시작했고 버스에서 함께 내린 사람들은 작은 도시의 비밀스러운 골목들로 순식간에 사라져버렸다. 보리만 혼자 덩그러니 남아 태호를 찾았다. 플랫폼도, 대합실도 텅 비어 있었다. 심지어 매표소에도 사람이 보이지 않았다. 오후 5시 30분이 마치 새벽 5시 30분 같았다. 태호는 전화도 받지 않았다. 보리는 조금 난감한 기분이었다. '내가 너무 즉흥적이었나. 새점 치는 새는 운명의 장난을 예고한 것이었나. 서너 시간 동안 새를 세 번 보았다고 짐 싸들고 뛰어내려오다니.' 보리는 한숨을 내쉬었다. '내가 그럼 그렇지.'

내리는 눈이 소복이 쌓였다. 보리는 전화를 걸고 전화를 끊었다. 보리의 머리 위로 눈이 내리고 쌓였다. 보리는 다시 전화를 걸었고 응답이 없자 전화를 끊었다. 머리에 쌓인 눈을 털다가 대합실로 들어가는 편이 낫겠다고 생각했다. 캐리어를 끌고 돌아서는데, 어마어마한 굉음을 내며 빨간색 페라리 한 대가 달려왔다. 보리는 자기도 모르게 뒤로 물러서다가 미끄러져 캐리어와 함께 나자빠져버렸다. 페라리는 마치 눈을 밀고 길을 내며 달려온 제설차처럼 앞에 새하얀 눈을 수북이 이고 있었다. 페라리의 차문을 열고 나온 사람이 태호라는 사실에 놀란 보리는 또다시 미끄러졌다. 태호와 페라리. 얼마나 어울리지 않는 조합인지 태호를 20년 넘게 알고 지내온 사람이라면 누구나 웬일이래라는 말을 먼저 던지지 않을 수 없을 터였다.

"이런 날 페라리를 몰고 다니는 게 아닌데, 너 때문에 내가 좀 무리했지."

몹시도 황당했다. 못 본 지 몇 년 사이에 다른 사람이 되어버린 것 같은 태호. 그를 믿고 내려온 것이 잘한 일일까. 태호는 보닛 뚜껑을 열더니 캐리어를 번쩍 들어 집어넣었다. 보리는 어안이 벙벙해 엉덩이를 털다가 말았다. 앞에 엔진이 아니라 트렁크가 있는 차는 또 처음 보았다. 페라리는 차체가 어찌나 낮은지 차에 올라타는 게 아니라 길바닥에 주저앉는 기분이었다. 좌석 등받이도 뒤로 젖혀져 있어 숫제 길바닥에 드러눕는 기분이었다는 게 더 알맞은 표현이랄까.

"선배, 페라리 타고 다녀?"

"호텔에 다른 차가 없어서 말이야. 직원이 차 갖고 시장 보러 갔거든. 올 때까지 기다리자니 네가 너무 추울 거 같아서 그냥 페라리 꺼냈지."

태호는 보리에게 제대로 인사할 틈도 주지 않고 차를 출발시켰다. 차가 그르렁거리며 튀어나갔다. 바퀴마저 쇳덩이인가. 올드 페라리는 길바닥을 박박 긁으며 달리는 모양이었다. 새하얀 눈을 산더미처럼 이고 말이지.

어리둥절한 출발이라고 할까, 재수 없는 출발이라고 할까.

다리를 건널 때 건너편에 조잡한 불빛이 명멸하는 호텔이 보였다. 산그늘 아래 자리잡은 호텔은 한눈에도 낡고 어수선해 보였다. 설마 저 호텔은 아니겠지. 보리는 왠지 조마조마해지기 시작했다. 왜 아니겠어. 나쁜 예감은 언제나 적중하더라는 말이 있지. 태호의 페라리는 예감 나쁜 호텔로 미끄러져 들어갔다. 운전 솜씨가 어찌나 좋은지 속도도, 각도도 매끄럽기가 이를 데 없었다. 태호는 로비일 것이라 짐작되는 유리문 앞에 차를 세웠다.

"먼저 들어가. 나는 차고에 차 넣어놓고 갈게. 매니저가 열쇠 줄 거야."

보리는 그렇게 해서 뒷골목 술집에서나 봄 직한 검은 선팅 위에 마구잡이로 그래피티가 그려진 유리문 앞에 던져졌다.

'선배의 감각이 이렇게 추락할 수가 있나. 그래도 여학생들 사이에서 사랑받던 미대 오빠였는데.'

문을 열자 호텔 로비라고는 할 수 없는 로비가 떡하니 펼쳐졌다.

그녀는 눈앞의 광경을 이해할 수 없어서 멍하니 서 있다가 겨우 한쪽 구석에서 리셉션 데스크를 발견했다. 리셉션 벽에 "이상한 나라의 호텔"이라고 쓰여 있었다. 호텔, 맞는 걸까.

3층 높이까지 뺑 뚫린 커다랗고 둥근 로비에는 자투리 나무 판자들을 두덕두덕 덧대고 이어 나무 형상으로 만든 커다란 흉물이 우뚝 서 있었고 아주 작은 외제차가 운전석 문이 열린 채 세워져 있었다. 자동차 옆에는 정상적으로 작동되는 차이니 운전을 해봐도 좋다는 팻말이 붙어 있었다. 하긴, 저렇게 작은 로버 미니야 한두 바퀴 굴러본들 누구한테 불편을 줄 거 같지도 않았다. 2층에서부터 로비 한가운데로 쭉 뻗어내린 미끄럼틀과 맞은편으로 올라가는 계단, 벽에 달아놓은 미니 농구대, 벽에 붙여놓은 미니 오락기계들, 올라가서 뛰어도 좋다고 쓰인 커다란 침대가 있었다. 한쪽에는 라이브 공연장이자 당구장인 커다란 공간이, 그 안쪽으로는 노래방이, 더 안쪽으로는 찜질방이 있었다. 이쪽 벽은 초록색, 저쪽 벽은 분홍색, 미끄럼틀은 스테인리스스틸, 계단은 마구 칠한 고동색, 각자 따로 노는 팻말들.

허름하고 엉성하고 조잡하기 이를 데 없는 것들로 채워진 커다랗고 둥근 로비. 뭘 하자는 호텔인 걸까. 몇몇 아이가 미끄럼을 타거나, 침대 위에서 막 내려오거나, 오락기 앞에 나란히 앉아 킬킬대고 있었다. 어른들도 두셋씩 당구장에서 큐를 들고 공을 겨냥하거나 연주석에서 드럼을 두드리고 있었다. 직원 두 사람이 이 모든 소란에도 아랑곳하지 않고 리셉션에서 본연의 업무를 보고 있었다.

보리가 알던 태호가 이런 사람이었나. 새빨간 올드 페라리를 몰고 괴상망측한 호텔을 운영하는?

태호가 잡아놓은 객실은 땟국물 흐르는 카펫이 깔린 복도 맨 끝에 있었다. 어찌나 황당한지 보리는 긴 복도를 걸어가며 상상했다. 일손이 서툰 여자가 환영의 표시로 레드 카펫을 주르륵 펼친다는 게 실수로 땟국물에 먼지가 풀썩이는 카펫을 펼쳐놓고 어디론가 숨어버렸을 거라고. 실내에 들어서자 개오줌 냄새와 함께 잡초 냄새가 훅 끼쳐왔다. 아뿔싸. 방 안 가득 잡초가 쑥쑥 자라는 중이었다. 이건 또 뭐야. 절로 한숨이 새어나왔다. 문 옆에 팻말이 붙어 있었다. "애견 전용룸" "강아지와 함께 마음껏 뒹굴어보세요." 무슨 호텔이 여기저기 팻말 천지냐고.

발코니가 있는 방이었다. 낮에는 햇빛이 한껏 들어오는 모양이었다. 호텔다운 집기라곤 저쪽 벽에 붙은 작은 화장대와 새하얀 호텔 침구가 깔린 침대뿐이었다. 보리는 어디에, 어떻게 개오줌이 묻어 있을지 몰라서 구두를 신은 채 침대로 갔다. 핸드백을 집어 던지고 침대에 걸터앉았다. 어이가 없다보니 기운이 쭉 빠졌다. 피로가 몰려왔고 졸음도 쏟아졌다. 가만 보니 욕실 쪽에서 개오줌 냄새가 솔솔 풍겨왔다.

'화를 내야 하는 걸까. 보통의 호텔이 아니라고? 왜 이런 곳에 나를 오라고 했느냐고 물어야 하는 걸까. 여기서 잠을 잘 수 있을까. 내가 얼마나 까다롭고 깔끔한지 모르는 모양인데, 나는 말이지, 이런 데서는 잠을 잘 수 없다고.'

보리는 태호에게 전화했다. 뭐가 얼마나 바쁜지 태호는 전화를 받지 않았다. 보리는 하는 수 없이 피곤한 몸을 이끌고 리셉션으로 갔다.

매니저에게 다른 방으로 바꾸어달라고 했다. 매니저는 평생 저렇게 무표정하게 살아왔지 싶은 얼굴로 다른 방이 없다고 했다. 주말이라 방이 하나도 없이 다 나갔다는 것이다. 그리고 묵직한 어투로 덧붙였다.

"사장님이 그 방 내주라고 했어요, 제일 큰 방이거든요."

보리는 큰 방 필요 없고 제일 작은 방도 좋으니 개 냄새가 나지 않는 방으로 달라고 했다. 매니저는 고개를 저었다.

"주말이라 다른 방은 남겨둬야 합니다. 늦게 오는 손님도 많고 일요일 아침 일찍 오는 사람들도 있어요."

'아, 그렇구나. 나는 손님들이 잘 들지 않는 방을 써야 하는구나. 왜 그것을 눈치채지 못했을까.' 보리는 욕실 세정제와 수세미를 달라고 해서 들고 왔다.

실망과 졸음을 참으며 욕조며 세면대며 변기에 세정제를 듬뿍 뿌리고 벅벅 씻었다. 그제야 개오줌 냄새가 조금 가시는 듯했다. 보리는 욕실용 슬리퍼를 신고 나와 침대로 곧장 뛰어들었다.

보리는 지난 4년 동안의 여정을 돌아보았다. 엄마에게서 벗어나기 위해 서울을 떠나 먼 도시에서 1인 디자인 회사를 차렸다. 2년도 못 버티고 말아먹고 늘상 배가 고픈 느낌에 시달리던 나머지 쿠키가게를 차렸다. 그것 역시 당연하다는 듯 1년 만에 접어야 했다. 빈털터리가 되는 건 당연한 수순이었다고 해야 하나. 태호는 진즉부터 쿠키가게 같은 소리 하지 말고 내려와서 자기 일이나 도와달라고 했다.

어디선가 꽤애액 하는 소리가 들렸다. 꽤애액! 귀를 기울여 보니 오른쪽 벽 뒤쪽에서 나는 소리가 분명했다. 그녀는 비척비척 일어났다. '나에게 준비된 괴상한 일들이 아직 남아 있는 거겠지. 무엇이 나를 부르는지 그래, 한번 가보자.'

호텔 현관을 나와 오른쪽으로 돌아갔다. 어둠이 한층 깊은 그곳에 무언가가 서성거리고 있었다. 눈빛이 분명한 무엇이

다가가는 그녀를 주시하고 있었다. 그녀 역시 그를 주시하며 조심조심 다가갔다. 외양간에서 남 직한 냄새가 풍겨왔다. 울타리가 있었고 거기 커다란 짐승이 그녀를 지켜보고 있었다.

타조였다.

타조가 꽤애액! 소리를 질렀다. 타조라니? 아니, 호텔에 타조라니? 그제야 울타리 안쪽에 거위와 토끼, 검은 염소까지 있는 것을 볼 수 있었다. 명색이 호텔인데, 동물들의 분변 냄새라니. 울타리에 팻말이 붙어 있었다. "울타리 안으로 들어가 동물들과 함께 놀아도 됩니다. 동물들에게 줄 간식은 안내데스크에서 구하십시오."

타조가 입을 열었다. 꽤애액! 좋지도 싫지도 않고, 나쁘지도 좋지도 않은, 그렇다고 계속 보고 있자니 몹시 불편하고 부담스러운 그 짐승은 간식을 가져다주기 전에는 꾸짖는 짓을 그만두지 않을 것 같았다. 문득 타조의 눈이 엄마의 눈 같다고 느꼈다. 다그치고 보채는 엄마의 눈. 그녀는 엄마를 달랠 때 쓰던 방법을 써야 했다. 바로 선물을 주는 것이었다.

보리는 리셉션에 가서 동물 먹이를 사려고 했지만 리셉션은 비어 있었다. 안내데스크 한쪽 끝에 사료 봉지가 담긴 바구니가 보였다. 1000원짜리 지폐와 동전들이 들어 있는 바구니도 함께 놓여 있었다. 보리는 사료 한 봉지를 들고 2000원을 넣었다. 타조가 있던 우리로 가서 "타조야, 타조야" 불렀더니 흰 사슴이 나왔다. 그냥 사슴도 아니고 흰 사슴이었다. 또다시

"타조야, 타조야" 불렀지만 타조는 나오지 않았다. 대신 흰 사슴이 보리의 눈을 지그시 응시했다. 흰 사슴은 왠지 다른 사슴의 실루엣 같았다.

보리는 사료 봉지를 뜯어 손바닥에 쏟았다. 우리 안으로 손을 디밀었더니 사슴이 사료를 먹었다. 손바닥에 닿는 굵고 긴 혀가 몹시도 소름끼쳤다. 혀가 닿을 때마다 손을 움찔거렸다. 사슴은 여전히 유순한 눈으로 보리를 바라보며 먹이를 먹었다. 타조보다는 사슴이 나았지만 들어가서 자려는데 타조가 다시 꽥꽥거려서 못 자게 굴면 어쩌지 하는 걱정이 들었다. 사료를 다 먹은 사슴이 우리로 들어갔고 보리도 방으로 돌아왔다.

호텔다운 것이라곤 새하얀 호텔 침구뿐인 침대에 몸을 던지고 보리는 중얼거렸다.

"이 모든 일이 다 뭘까. 아침부터 새를 세 마리나 본 것은 동물농장으로 가라는 예언이었나. 선배는 도대체 어쩌자고 이런 호텔을 운영하는 걸까."

캐리어를 들고 온 태호에게 보리는 뭘 물어볼 기운도 없었다. 보리는 혼잣말처럼 중얼거렸다.

"타조를 보고 왔어. 호텔에서 타조를 다 키우네."

"타조는 없어, 사슴은 있고. 뭘 본 거야? 보리, 엉뚱한 건 여전하네."

"사슴이 내 손바닥을 핥았어."

"슴이가? 그거 환영한다는 뜻이야. 슴이는 아무한테나 안 그래."

"사슴 이름이 슴이야?"

"응, 슴이. 어서 자라."

어리둥절함의 끝은 어디일 것인가. 내일 아침에 모든 의문을 깨끗이 해결하리라. 보리는 서늘하고 보송보송한 이불을 둘둘 말고 잠에 곯아떨어졌다.

연애가 하는 짓

태호가 아침 일찍 리셉션으로 불렀다. 조식이라고는 토스트 두 쪽과 잼 하나, 삶은 달걀 한 개, 우유 또는 주스 한 팩뿐이었다. 샐러드는? 두리번거렸지만 보일 리가 있나. 이게 다인걸.

"재미있는 곳이지?"

재미있다고? 아, 이런 경우를 재미있다고 표현하는 사람이구나. 어쩌면 태호라는 사람은 보리가 아는 사람과는 전혀 다른 사람인지도 모르겠다는 생각이 들었다. 그러고 보니 태호랑 가깝게 지낸 것이 벌써 10년은 넘은 것 같았다. 그렇다고 해도 함께 미술실에서 작업하고 함께 어울려 다니면서도 이런 면을 몰랐다니.

"어, 재미있네."

"내 어릴 때 로망을 실현한 곳이야. 여기저기 살펴봐. 밖에

도 좀 나가서 둘러보고. 매니저가 일을 가르쳐줄 거야. 잘 배워
놔라."

아, 어릴 때 로망, 그럼 그렇지. 촌에서 자란 소년의 로망. 순
식간에 이해되었다. 그렇지 않고서야 제정신으로 이런 공간을
만들 수가 없지. 뭔가 이해될 듯도 하고 묻고 싶은 것도 많아
보리는 천천히 고개를 끄덕였다. 보리가 그런데 말이지 하고
말을 꺼내는데, 너무나 바빠서 나는 이만 하고 태호는 순식간
에 또 복도 사이 어딘가로 사라져버렸다.

"아니, 선배, 선배, 얘기 좀 하자고!"

태호 옷자락이라도 잡았어야 하는데, 두 손에 토스트와 우
유를 들고 있어서 그러지도 못했다. 커피라도 좀 주라고 우는
소리를 하며 돌아서는데, 매니저가 손가락으로 구석에 있는
커피메이커를 가리켰다. 커피도 안 주는 호텔은 아니었던 것
이다. 한 손에는 커피를 들고, 다른 손에는 토스트를 들어 달걀
과 주스를 들 손이 모자라 어쩔 줄 몰라 하는 보리에게 매니저
가 또 한번 손가락으로 옆에 세워진 작은 플라스틱 쟁반을 가
리켰다. 있을 건 다 있는 호텔이었다. 암만 그래도 명색이 호텔
인데. 보리는 괜히 미안해져 쟁반을 꺼내 조식을 올리며 굽신
굽신 머리를 조아렸다.

매니저는 전날 밤에 보았던 것보다 훨씬 고집스러워 보였
다. 말없이 손가락만 뻗어 뭔가를 가리키는 행동거지가 위압
적이었으며 옷차림은 무슨 사제라도 되는 양 목깃을 세운 검

은 셔츠에 검은 바지 차림이었다. 게다가 왜 그러는지는 모르겠지만 못마땅한 얼굴로 보리를 응시했는데, 원래 매사에 그런 사람인지, 보리가 유독 마음에 안 들어서인지는 알 수 없었다. 그녀가 몸을 돌리는 순간 그가 스윽 사라지는 듯한 느낌이었다. 섬뜩한 기분이 들어 돌아보니 리셉션 안쪽에서 뭔가를 내려다보고 있었다.

보리는 잘못한 것도 없이 기가 죽어 바짝 움츠린 채 조식이 담긴 쟁반을 들고 방으로 들어왔다. 태호가 분명 매니저에게 일을 배우라고 했겠다? 몹시도 험난한 하루가 기다리고 있을 거라는 얘기.

그래서 미적거렸다. 아직은 여행지인 셈인데, 여행지에서의 이튿날을 바쁘게 시작하고 싶지 않았다. 여행지에서의 이튿날이란 나머지 모든 날을 다 합친 만큼의 가치가 있지 않던가. 보리는 블라인드를 올리고 창문을 열어보았지만 발코니에 눈이 수북하게 쌓여 창문이 열리지 않았다. 그 대신 아침 햇살이 눈더미에 부딪혀 창으로 왈칵 쏟아졌다. 그녀는 풀밭에 주저앉아 토스트를 한 입 베어 물었다. 토스트에서 의외의 맛이 느껴졌다. 이상해서 다시 한 입 베어 물었다. 딸기셔벗맛이었다. 흔하디흔한 오렌지주스를 크게 한 입 머금었다. 금방 딴 오이맛이 느껴졌다. 보리는 "마을이 마술을 부리는 모양이군. 아무래도 나를 여기 묶어두고 싶은 모양이지"라고 중얼거리며 커피를 한 모금 입에 머금었다. 아, 이건 또 무슨 일이란 말인가. 포근한 호박죽맛이 입안의 점막을 녹이려 들었다. 양상추가 없어도 충분한 아침이었다.

그녀는 느긋하게 커피를 마셨다. 문득 어릴 적 외할머니의 호박죽이 떠올랐다. 찹쌀 알갱이가 섞인 샛노란 호박죽은 외할머니의 미소만큼이나 달달했다. 호박죽을 비우듯 커피를 비우면서 보리는 궁금해졌다. 대체 어떤 음식에서 커피맛이 느껴질까. 어쩌면 이 마을의 음식을 다 맛봐야 할지도 몰라. 어딘가에 숨겨진 커피맛이라, 재미있는걸. 호기심이 충만한 상태로 두터운 코트 위에 머플러를 둘둘 감았다. 보리의 방은 복도 끝에 있었고, 복도 끝에는 뒷문이 있었다. 엄숙한 매니저의 눈을 피해 나다니기 좋아 보였다. 보리는 호텔을 나서기 전에 털모자를 푹 눌러썼다. 호텔에서 반경 3킬로미터 안쪽의 마을을 돌아보고 서서히 중심부를 향해 좁혀들며 탐색하리라는 포부였다. 먼저 호텔 앞 2차선 도로를 건넜다.

호텔 앞으로는 도시를 가로지르는 강이 하나 있었다. 강의 이름은 이 도시의 역사와 함께 시작되었다는 뜻으로 남천이었다. 강이라기에는 크기가 작은 편이라고 할 수 있었지만 간혹 기세 좋게 범람해 천의 양안에는 풀과 나무가 무성하게 자라 있었다. 남천 양안에 쌓인 눈의 둔덕이 강물 속으로 소리 없이 곤두박질치고 있었다. 깎아지른 빙하가 무너지듯 푸른빛으로 명멸하며 눈이 강물에 몸을 던졌다. 보리는 언젠가 태호에게서 들은 이야기를 떠올렸다.

수 세기 전부터 이 도시에는 절절한 미담과 함께 몇 가지 금기가 전해 내려오고 있었다. 절절한 미담은 한 세대마다 도시의 물길을 바꾸는 자가 반드시 한 사람씩은 태어난다는 것이었다. 그 위대한 자는 가뭄이 들 때는 비를 몰고 태어나며, 홍수가 져서 강물이 범람할 때는 물길을 움직이고 구름의 방향을 돌리는 힘을 갖고 태어난다는 것이었다. 금기는 그에 따른 몇 가지 해야 할 것과 하지 말아야 할 것에 관한 내용이었다. 금기는 매우 구체적이어서 마을의 종중에 책자로 전해져 내려왔다. 그중 한 가지는 마을 사람 누구나 기억하고 있었는데, 아버지와 아들, 어머니와 딸로 구성된 가정은 나이의 많고 적음을 막론하고 반드시 외지인을 집 안에 들여 그를 환대함으로써 마을을 이롭게 해야 할 것이라는 점이었다.

이는 그 환대의 행위로 마을 누군가의 집에서 태어나는 위대한 아이에게 행운이 깃들 것이라는 의미였고, 이것이 의미하는 바의 저 도저한 진실은 악덕의 고리는 물론이거니와 선업의 고리가 누리에 미치리라는 것이었다. 이렇게 뭔가를 하지 말아야 하는 것이 아니라 뭔가를 해야 하는 행위가 금기로 작동하는 원리는 바로 그 행위를 하지 않았을 경우 아버지와 아들, 또는 어머니와 딸로 구성된 가정에 슬픈 일이 벌어지고야 말리라는 것이었다.

이런 미담과 금기 때문에 이 마을의 아버지와 아들, 어머니와 딸로 구성된 가정은 언제든지 마을을 위해 선업을 쌓을 수 있다는 기대를 안고 별들의 운행과 계절의 변덕에 각별히 신경을 곤두세우고 살아가고 있었다. 10년 만에 내린 폭설 역시 뭔가를 예고한 것일까.

폭설로 뒤덮인 도로는 도로로서의 용도를 잃고 차들의 왕래를 허락하지 않았다. 눈에 덮여 모든 것이 사라져버린 거리에 나선 보리는 적잖이 낙담했다. 마을이란 모름지기 사람들이 있어야 하고, 떠도는 소문이 필수적이며, 뒷소문에 울고 웃어야 하는 게 아닌가. 가랑이까지 쌓인 눈더미 속에 다리를 하나씩 꽂아 넣으며 걷다가 자빠져버린 보리는 여기서 작전상 후퇴할까 생각했다. 그러나 눈구덩이 속에 앉아 있는 것이 의외로 마음에 들어 잠시 가만히 있었다. 자기 걸음이 만들던 소리가 멎자 어디선가 사람들의 속삭이는 소리가 들렸다. 거리는 고요함 속에서 뭔가 은밀하게 움직이는 듯했다. 고개를 쭉 빼고 돌아보니 도로가 둥글게 휘어지는 저곳, 거기에서 웬 소리가 들려왔다. 보리는 살금살금 최대한 눈 밟는 소리를 내지 않으며 소리를 향해 다가갔다.

할아버지와 중년의 아들이 넉가래와 눈삽을 들고 눈을 치우고 있었다. 벌써 한참 되었는지 눈 속으로 길이 길게 나 있었다. 그런데 저 아래로 중년의 어머니와 딸이 또 눈길을 내고 있었다. 두 팀은 묵묵히 노동을 멈추지 않고 있었는데, 그 사이에서 마을 사람들이 실랑이를 벌이고 있었다. 그 사연인즉 지난

번 여인의 차례가 되어 그 집으로 갔던 손님이 극진한 대접을 받았고 하늘이 감동해 마을에는 좋은 일이 벌어졌다. 이번에는 할아버지팀이 손님을 맞이해야 할 차례였는데, 그걸 반대하고 나선 사람들이 있었으니…….

웬 중늙은이가 말했다.

"이번에는 할아버지 집으로 길을 내주는 것이 도리라니까요."

야무지게 생긴 아주머니가 나서서 따지고 들었다.

"지지난번 고씨 아들네가 연애질을 하는 바람에 마을에 일으킨 소란을 다 알면서도 그래요. 그 집은 선업을 쌓았어야 했는데 악업을 쌓았으니, 이번에는 그냥 지나가는 게 공평한 거죠."

나이 지긋한 어르신이 뒷짐을 지고 헛기침하며 참견했다.

"어허, 공평의 의미를 다시 한번 생각해보시지요."

"아니, 그럼 부적절한 연애질을 해서 마을을 발칵 뒤집어놓은 일이 잘했다는 겁니까, 어르신?"

"그게, 잘했다는 게 아니라, 어흠, 흠. 또다시 김여사의 집에 보내는 것이 공평한 처사는 아니라는 거지요."

"김여사는 믿을 만한 사람이잖아요. 요리 솜씨도 좋고, 얼매나 음전해요."

"그 집에 과년한 딸자식이 있잖소. 손님이 말이지, 젊은 남자라면. 흠흠."

"아, 왜요? 몰래 연애질하지는 않을 테니 잘 되면 더 좋은 일이죠. 좋은 신랑감 만나면 이보다 더 좋은 일이 어디 있어요."

"허참, 부녀회장님은 왜 그렇게 부정적으로. 허참."

"아니, 어르신. 이게 왜 부정적인 거예요? 청년회장님, 청년회장님 생각은 어떠셔요?"

청년회장이라 불린 중늙은이가 자자 하면서 두 사람을 다독거렸다.

"아, 두 분 그만하시고요. 두 집이 알아서 결정하도록 하는 게 제일 좋겠어요."

나이 지긋한 어르신은 뒷짐 지고 집으로 들어갔고, 청년회장은 마을로 내려갔으며, 부녀회장은 모녀팀에게 다가갔다.

보리는 부자팀을 훔쳐보았다. 손님과 몰래 연애질했다는 남자는 푹 숙인 머리에 비니를 깊게 눌러쓰고 뜨거운 김을 올리며 열심히 눈을 치웠다. 목덜미로도 김이 피어오르는 것으로 보아 힘이 남아도는 게 분명했다. 할아버지는 종종 허리를 펴고 먼 하늘을 바라보며 한숨을 내쉬었다. 외로워 보이기는 할아버지가 더 외로워 보였다. 보리는 모녀 쪽으로 시선을 돌렸다. 중년의 여인이 합세해 도와주기 시작하는 부녀회장님과 뭐라 뭐라 속삭이더니 급작스럽게 속도를 내기 시작했다. 딸로 보이는 여자아이는 눈삽을 세워 몸을 기대고는 권태롭게 두 사람을 보다가 먼 길 쪽을 바라보았다. 여자아이는 지금 눈 따위를 치우면서 손님을 기다리느니 길 아래쪽 마을로 내려가 친구들과 맥주 한 잔을 기울이거나 영화관에 가거나 그도 아니면 커피를 홀짝이며 수다를 떨고 싶겠지.

그러나 마을 관습상 부자와 모녀는 천재지변이 생겼을 때 하늘을 달래는 제사장과도 같은 임무를 띤바 꼼짝없이 제설 작업을 수행해야 했다. 저 여자아이가 친구들과 놀러 가는 대신에 눈을 치움으로써 받을 수 있는 보상으로는 무엇이 있을까. 따지고 보면 마을의 전설은 남녀의 애정사로 마을의 어려움을 이겨내고 하늘이 감동해 두 사람을 혼인에 이르게 하는 것이라고 할 수 있으므로, 폭설이라는 천재지변에 길을 잃은 남성을 너의 집으로 이끌어 환대함으로써 마을을 구하고 두 사람을 결혼하게 만들려는 하늘의 계획이라는 감언으로 꼬드기면 어찌어찌 눈더미를 치우게 할 수 있을 것이다. 요는 무엇이든 보상이 주어져야 한단 말이었다. 아니나 다를까, 중년의 여인이 딸에게 귓속말하고 엉덩이를 세 번 도닥였다. 여자아이는 마지못해 자기 자리로 돌아가 눈삽을 들었다.

　　보리는 폭설과 마을 사이의 모종의 거래를 눈치챘다. 원칙적으로 하면 이 두 집에서 선업을 쌓는 순간 누군가의 집에서는 아이를 잉태할 것이며, 그 아이는 마을을 위해 큰일을 할 인물이라는 것인데, 짧게는 3, 40년, 길게는 4, 50년 후의 일이 아니겠는가. 할아버지와 아들, 어머니와 딸은 당장의 필요에 눈이 멀게 되어 있을 터. 남녀의 연애가 낳는 것이 어찌 눈물의 씨앗뿐이랴. 이 마을의 문화와 예술의 융성은 면면히 이어져 온 연애에 빚진 것이 많아 보였다. 먼 남도의 이 도시가 역사적으로 문화와 예술의 도시로 명맥을 이어온 것이 연애에 관한 이런 후한 기질 때문인지도 모른다는 생각이 빠르게 스쳤다. 누구의 눈길로 어떤 손님이 걸어가게 될까. 그 사람은 어떤 환대를 받을까. 보리는 온 지 하루도 안 되어 마을의 비밀을 알아버린 사람답게 의기양양하게 호텔로 돌아왔다.

매니저는 바짓가랑이가 눈에 푹 젖은 채 나타난 보리를 힐긋 쳐다보고는 가던 길로 가버렸다. 두 손에 성경책인 양 들고 있는 타월 두 장으로 보아 손님에게 가져다주는 길인 모양이었다. 보리는 이제 일 좀 배워볼 마음이 생겨 리셉션에 앉아 매니저를 기다렸다. 하지만 그는 한참 동안 오지 않았다. 태호가 반짝 나타나 "일 잘 배우고 있지? 벌써 시작했나?" 하고는 출입구 쪽으로 달려갔다. 그는 로비 출입구 옆으로 자그마한 커피 코너를 만들고 집기를 들이느라 정신없었다. 가만 보아하니 그가 가져다놓는 의자며 테이블이며 소파는 적어도 50년은 어느 창고에서 먼지를 뒤집어쓰던 것 같았다. 수십 년 전 시골 초등학교에서 가져온 듯한 나무 걸상은 그럭저럭 귀엽게 봐줄 수 있었다. 그러나 좀이 슨 자국하며 언제 묻었는지 모를 얼룩들이 있는 1인용 다갈색 벨벳 소파는 도저히 봐줄 수가 없었다.

거기에 앉아 커피를 마실 수 있는 사람을 상상하며 보리는 멍하니 앉아 있었다. 철없는 대여섯 살짜리 꼬맹이, 술에 취한 남자, 그리고……. 그리고 더이상은 생각나지 않았다. 보리는 저거 치우라고 이야기하러 가야지 하면서도 의자에서 일어나지 않았다.

문득 옆에서 인기척이 느껴졌다. 섬뜩해서 돌아보니 어느새 나타난 매니저가 컴퓨터 앞에 앉아 뭔가 일하고 있었다. 빳빳하게 다려 입은 검정 셔츠와 바지, 올곧은 자세, 반듯한 팔의 각도. 손을 하나 움직여도 거리와 각도가 계산되어 있는 듯했다. 번듯한 것 하나 없고, 서로 어울리는 색채가 둘도 없는, 정갈함과는 거리가 먼 이곳 호텔에서 단 한 사람, 매니저만이 일체의 엄숙함을 스스로 구현하고 있었다. 하잘것없는 종이 한 장을 집어들 때도 마치 사제가 성경책에 끼워둔 주보를 꺼내들 듯하는 매니저.

보리는 눈 속을 뚫고 나갔다온 탓에 나른해져 매니저를 멀거니 바라보고만 있었다.

"일하러 온 사람 맞아요?"

느닷없는 힐난에 보리는 눈을 번쩍 떴다. 매니저가 그녀를 쏘아보고 있었다.

"네? 아, 네. 태호 선배님이 일을 배우라고 해서요."

"옷차림이 그게 뭡니까? 단정한 복장을 갖춰주세요."

지퍼가 열린 채 늘어진 두꺼운 코트, 눈에 젖은 바짓자락, 아무렇게나 휘두른 머플러. 무릎 위에서 곧 떨어질 것같이 놓인 비니.

"자세는 그게 뭡니까. 여기가 안방입니까?"

보리는 화들짝 놀라 허리를 곧추세우고 자세를 바로 했다.

"가서 옷 갈아입고 나오세요."

보리는 쫓기듯 방으로 갔다. "단정한 복장, 단정한 복장"을 중얼거리며 캐리어를 뒤집었다. 겨우 흰 셔츠 하나와 찢어지지 않은 청바지와 검정 카디건을 찾아냈다. 거울에 비추어보니 쓸 만해 보였다. 검정 구두도 하나 꺼내 신고 달려나갔다. 왠지 늑장을 부리면 혼날 것 같았다.

매니저는 예상했던 대로 깐깐하기 이를 데 없었다. 어두컴컴한 리셉션 안으로 들어가는 것부터 마치 저승사자의 장력 속으로 빨려들어가는 기분이었는데, "두 번 가르쳐주지 않으니 잘 들어두십시오"라고 해서 보리를 바짝 긴장하게 했다. 매니저는 데스크에 놓인 세 대의 컴퓨터 용도와 서류철들을 하나하나 들춰 보이며 설명했다. 뭐가 뭔지 알아듣지 못하겠는데 물어볼 수도 없었다. '어떻게든 되겠지' 하는데, 그가 '네 속내가 다 알아' 하는 눈으로 힐긋힐긋 쏘아보았다. 보리는 부러 눈동자를 텅 비웠다. 그의 날카로운 눈빛이 꽂히지 않고 그냥 통과하도록.

매니저가 손가락으로 꾹꾹 눌러 가리키는 객실용 시트 수급 서류를 볼 때 눈동자를 텅 비운 보리는 푸른 하늘을 배경으로 하얗게 날아오르는 빨래를 보았다. 음료수 수급 차트를 보여주며 카운트하는 법을 가르쳐줄 때 보리는 또 맑은 하늘에서 후두둑 떨어지는 굵은 장대비를 보았다.

두 번 말하지 않을 거라던 매니저가 "시트하고 음료수 카운트, 어떻게 하라는지 알아들었어요?"라고 물었고 보리는 "네?" 하고 멍하게 되물을 때 태호가 지나가며 보리를 불렀다.

"보리야, 이리 와서 나 좀 도와주라. 닭 목욕 좀 시켜야겠다."

"엥? 뭘 목욕시켜?"

"따라와봐."

얼른 매니저 눈치를 보니 성도에게 축복을 내리다 방해받은 쫀쫀한 주임신부 같은 기색이었다. 순간 보리는 매니저에게 잘 보이고 싶은 생각이 들었다. 평생 자기 절제에 익숙한 사람이 느긋하게 살아온 사람에게 흔히 안겨주곤 하는, 알쏭달쏭한 죄책감을 느꼈던 것이다. 실제로 저지르지도 않은 짓에 대한 죄책감이라고 할까. 근원을 따지고 올라가면 아담을 꾀어낸 이브의 원죄적 죄책감에 이르게 하는? 태호가 한 번 더 보리를 불러 보리는 하는 수 없이 그를 뒤따랐다. 태호는 한창 일하는 중에 총애하는 한 사람만 불러내 그늘에서 시원한 아이스커피를 마시며 쉬게 해주는 그런 경우에 느낄 법한 죄책감은 받지 않는지 궁금했다.

태호는 호텔 맨 위층으로 갔다. 거기는 아직 손님을 받지 못하는 객실들이 있었다. 그중 가장 전망이 좋은 쪽의 객실 문을 열었다. 맙소사. 확 풍겨오는 닭똥 냄새라니.

태호가 들어서자 닭 한 마리가 푸드덕 날아올라 태호 품에 안겼다. 품에 안긴 검은 닭이 요란하게 날개를 푸드덕거리며

꼬꼬꼬꼬 했다. 태호 역시 다정하게 닭을 쓰다듬어주었다.

"설마, 닭이 선배를 반기는 거야?"

"웬일로 오늘은 일찍 들어왔냐고 하는 거 같은데? 요 녀석이 꼭 와이프같이 군단 말이야."

"설마……."

"보리야, 욕실 가서 세면대에 물 좀 받아놔라. 미지근한 물로. 거기 옆에 보면 샴푸도 있어. 물에다 샴푸 좀 풀어놔줘."

"설마, 닭 전용 샴푸인 거야?"

"설마, 닭 전용 샴푸가 있겠냐. 강아지용이지."

보리와 태호는 닭을 목욕시키기 시작했다. 설마, 닭이 목욕을 즐거워하랴 싶었는데 닭은 얌전하게 목욕에 임했다. 꼬꼬꼬꼬 하면서 마치 고양이가 갸릉거리듯 태호 손에 몸을 이리 대주고 저리 대주며 거품 목욕을 즐겼다. 태호는 보리에게 새물을 부어라, 물을 내려라, 수건을 달라고 했다. 급기야 자신은 수건으로 닦고 있을 테니 너는 드라이어로 닭털을 좀 말려주라고까지 했다. 보리는 문득 불길한 생각이 스쳤다.

'여기 있으려면 일주일에 한 번씩 닭 목욕을 시켜야 하는 거 아닐까.'

웬만큼 깃털을 말렸다 싶었는데 닭이 태호의 손을 박차고 푸드덕 날아오르더니 침대에 안착했다. 윤기가 자르르 흐르는 검은 암탉이 새하얀 시트 위를 사뿐사뿐 걸어 베개 위로 올라가더니 웅크리고 앉아 제 부리로 손수 깃털을 고르기 시작했다. 보리는 기가 막혀서 손가락질했다.

"지금, 쟤 뭐 하는 거야? 설마……."

"자기 자리에 가서 털 고르는 거지. 내가 살다살다 닭하고 한 베개 베고 잘 줄은 몰랐다."

"그니까, 지금 이 상황이 어떻게 된 상황이냐는 거지."

"저놈이 유기 닭이었거든. 아니 유기 병아리였는데, 그러니까 산책하다가 혼자 있는 병아리를 발견한 거야. 주위를 아무리 둘러봐도 엄마 닭이 보이지 않더라고. 그래서 데려왔지. 병아리 한 마리를 동물원에 넣어둘 수가 없어서 방으로 데리고 왔고. 쑥쑥 크더라고."

"아무리 그렇다고 닭을 침대에서 재워?"

"처음부터야 그랬겠냐. 저기 저 구석에 박스 놔두고 키웠지. 녀석이 조금 크니까 날아서 박스를 나오더라고. 저기 욕실 앞에 있는 매트 위에서 잤어. 그런데 이 녀석이 차츰차츰 가까이 오는 거야. 언제부턴가 침대 밑에 와서 자더라고. 그러더니 어느 날 아침 깨어보니 내 베개를 베고 나란히 자고 있는 거야. 야, 닭이 꼭 와이프 같더라니까."

보리가 어이없어 닭을 보고 있는데, 뭔가 발을 핥는 느낌이 들었다. 화들짝 놀라 발을 치웠다. 강아지 한 마리가 뭘 그렇게 놀라느냐는 듯 보리를 쳐다보고 있었다. 강아지까지?

"설마, 이 강아지도?"

"응, 유기견이야. 누가 호텔 앞에 버렸는지, 혼자 나왔다가

길을 잃었는지 문 앞에서 안 떠나더라고. 그래서 데려왔지."

"서, 설마 저기 동물원에 있는 애들 전부 다……."

"응, 다 유기된 동물들이야. 내가 말이다, 보리야."

태호 목소리가 착 가라앉자 보리는 심장을 움켜쥐었다. 무슨 말을 하려고 목소리를 낮추고 그러는 거지?

"보리야. 내가 너한테 부탁이 있는데."

보리는 두 손을 내저었다.

"부탁하지 마, 부탁하지 마. 무서워."

"내가 너를 믿는다."

"뭘 믿는다는 거야?"

"이 호텔 너한테 맡기겠다고."

"호텔을 맡겨? 그게 무슨 말이야?"

"야, 나 이민 갔잖아."

이건 또 무슨 소리란 말인가. 그냥 눈을 크게 뜨고 바라볼 수밖에.

"우리 가족 뉴질랜드로 이민 갔다고. 내가 몇 달씩 나와서 일하고 들어가곤 했는데, 도저히 여기에 못 있을 거 같아. 네가 좀 맡아서 운영해줘라."

수많은 의문이 떠오르는가 하면, 또 수많은 답변이 솟구쳐 의문 옆에 가서 짝을 이루었다. 무엇을 먼저 물어야 할지 갈피가 잡히지 않는 사이에 어떤 것은 저절로 알 거 같았다. 닭은 깃털을 다 골랐는지 개운한 티를 내며 베개와 이불 사이의 공

간에 자리를 잡고 잠이 들었다. 태호가 강아지를 안고 쓰다듬
으며 말했다.

"내가 이 호텔을 운영하게 된 것은 내 어릴 때 꿈을 이루기
위해서였어. 로비에는 『잭과 콩나무』에 나오는 커다란 나무를
키워 아이들이 나무를 타고 오르게 하고 싶었어. 나는 2층이나
3층 집에서 창문을 통해 나무를 타고 내려오고 싶었다고."

"아, 로비에 있는 그 나무판자로 기운 게 『잭과 콩나무』에 나
오는 나무였어?"

"어, 멋지잖아. 2층 난간에서 나무 타고 내려올 수 있게 만든
거야."

'조잡하기 이를 데 없던 나무가 잭의 콩나무였다니. 로비에
무질서하게 놓인 놀이시설 모두 태호의 꿈을 이루어주는 거였
구나.'

태호의 눈이 꿈에 잠겼다. 태호는 점점 낯선 사람이 되어갔
다. 닭과 함께 베개를 베고 잘 수 있는 난생처음 보는 사람. 호
텔 로비에 닭이 돌아다니지 않는 것이 다행이지 싶었다.

"여긴 말하자면 어린이들의 네버랜드야. 동물을 키우면서
내가 좋아하는 뮤지션들을 불러 음악 공연도 하고, 내가 평생
그림을 그리며 살고 싶어했지만 못 했으니 작업실 없는 화가
가 와서 작업하고 그러기를 바랐어. 재즈는 여러 번 공연했지.
네가 이런 일들을 계속해줬으면 해."

"선배가 원하는 거면 선배가 해야지. 왜 나한테 맡긴다고

그래."

"내가 여기 살 수가 없어. 와이프도, 애들도 제발 함께 살자는 거야. 같이 안 살 거면 헤어지자고 협박하더라고. 그런데 내가 여기를 떠나면, 쟤네들 다 죽어. 이전에 다른 사람에게 맡겼다가 타조도 죽었고, 말도 죽었고, 리트리버 한 마리도 죽었어. 네가 누구보다 동물을 사랑한다는 걸 알아. 너라면 슴이를 죽이지 않을 거야. 요 녀석 찡이도 잘 살 수 있을 테고, 저 암탉도 제 수명대로 살 수 있을 거야. 내가 원하는 건 간단해. 예술가들이 모여들어 문화의 공간을 이루고, 어린아이들이 모여들어 자유롭게 뛰놀며 예술을 접하는 호텔이면 돼. 지금도 가족 단위 손님들이 많이 오는 편이야. 동물원하고 어린이들의 놀이터, 예술가들이 드나드는 콘셉트만 지켜주면 나머지는 네 맘대로 다 바꿔도 돼. 간단해."

"오 마이 갓, 그게 간단한 거라는 거야? 그게 전분데, 이것들을 그대로 둬야 한다면 뭘 어떻게 바꿔도 조잡함은 개선될 수 없어!"

"조잡하니? 여기가?"

"오, 이런."

'선배의 감각이 어떻게 된 것일까. 한때 한국에서 가장 유명한 미대의, 가장 인기 있던 미대 오빠였던 사람의 감각이 이렇게 떨어질 수도 있는 것일까. 동물에 대한 눈먼 애정, 아이들에 대한 눈먼 애정 때문에 주워온 것들, 그러니까 유기된 것들로

만 덕지덕지 기운 이 호텔의 조잡함이 눈에 들어오지 않는다는 것일까. 아, 사랑은 역시 누구라고 할 것 없이 모든 사람을 바보로 만드는 것이란 말인가. 게다가 저 음산한 매니저를 모시고 호텔을 운영해야 하다니. 내가 부사장이 아니고 그가 부사장 노릇하는 거 아니야' 싶었다.

"매니저님, 말이야. 너무 무서워서 말도 못 붙이겠어. 그 사람 꼭 여기 있어야 해? 선배가 해고하고 가라."

"야야, 무슨 소리냐. 그만한 사람 없어. 내가 여기서 숱한 사람 써봤지만 저 사람은 신부님 같은 사람이야."

"장례 전문 신부님 같아."

"어어, 너 사람 볼 줄 아네. 저 사람이 말이야…… 사연이 깊어."

"사연 없는 사람이 어디 있어!"

"아냐, 너도 들어보면 마음이 아플 거야. 저 사람이 말이야. 어떤 아름다운 소설가를 사랑했다나봐."

"이루어질 수 없었겠지!"

"어? 어떻게 알았어? 야야, 여자들은 역시 육감이 발달했나보다. 암튼, 그 여자가 같이 죽자고 했는데."

"왜 좋아하지도 않는데 같이 죽어? 그런 말에 속아? 역시 단순하구나, 남자들은."

"들어봐. 같이 죽으려고 했는데, 분명히 같이 죽었는데, 깨어나보니 여자가 없는 거야."

"속았네, 속았어. 소설가라더니. 와, 사기꾼인갑네."

"야야, 아니야. 그 여자가 얼마나 예쁘냐면, 웬만한 배우 뺨 치게……."

"뺨 맞을 소리 말고 그 매니저인지, 뭔지 장례 전문 신부님 은 해고하고 가."

"암튼, 그 여자가 다시 돌아올 테니 여기 꼭 남아 있으라고 했대. 떠나면 안 돼. 저 사람은 그 여자 죽을 때까지 기다릴 거 야. 너, 알아? 여기에서는 전설을 파투 내면 큰일나. 얼마 못 살 아. 보리야, 운명을 우습게 알면 안 돼. 그것도 연애의 운명은. 나도 그래서 이렇게 와이프 따라 떠나는 거 아니겠냐."

"아니, 그럼 선배도 여기서 덫에 걸린 거야?"

"덫이라니, 운명이라니까. 내가 그거 아님 왜 여기 살았겠 냐. 11년 전 홍수가 세상을 뒤덮은 날, 내가 물 따라, 길 따라 여기 흘러왔다가 와이프 만난 거 아니냐."

"아아, 나는 무슨 운명의 장난에 걸려든 건데!"

"그거야 좀 있으면 알게 되겠지."

"무슨 그렇게 험한 소리를."

"자라."

태호는 그렇게 보리를 험지로 내보내고 잠자리에 들었다. 보리는 태호의 방을 나오며 중얼거렸다.

'호텔 사장 밑에서 속 편하게 직원으로 살 줄 알았는데 이게 뭐람.'

보리는 태호에게 오늘 하루 시간을 달라고 했다. 태호가 보리에게 두 손을 싹싹 빌며 애원했다.

"내 부탁 들어줄 거지?"

"하루만 시간을 줘. 머리도 식힐 겸 시내 구경하고 올게."

"송어축제에 다녀오지 그러니? 가서 송어 몇 마리 잡아와라. 저녁에 매운탕 끓여먹게."

"아, 됐어요. 혼자서 무슨 송어축제야. 그냥 시내나 한 바퀴 돌고 올래."

"그러시든가. 차 갖고 가려면 매니저한테 말해. 차 키 줄 거야."

"아니, 슬슬 걸어갔다가 올래. 동네 지리도 좀 익힐 겸."

"추울 텐데, 알아서 해라."

보리는 다운점퍼 속에 스웨터를 두 겹이나 껴입고 목도리도 둘둘 감고, 비니를 눌러쓰고 두툼한 방한 부츠까지 신고 길을 나섰다. 눈 덮인 강을 가로지르는 다리를 건너고 숯불구이 갈비 냄새가 번지는 먹자골목을 지나 시내 중심가에 이르렀다. 너무 껴입은 탓에 오래 걷다보니 춥기는커녕 목덜미에서 뜨거운 김이 오를 지경이었다. 목도리는 풀어헤친 지 오래였고 비니도 벗어버렸다. 작은 도시여서인지 사거리인데도 한적하다 못해 적막했다. 사거리를 중심으로 건너편은 시청이며 예술관이며 관공서들이 몰려 있는 거리로 보였으나 거기까지 가기에는 이미 지쳐 있었다. 우뚝 서서 지나온 길을 뒤돌아보니 다시 걸어서 돌아갈 길이 까마득했다. 버스는 어디에서 타나, 택시를 불러야 하나 망설이고 있는데, 호텔 자동차가 휙 지나가는 것이 아닌가. 손을 크게 흔들며 뒤따라 달렸지만 자동차는 보리를 보지 못하고 건널목을 건너 쌩 달려가버렸다. 낙담한 보리는 따뜻한 곳에 들어가 커피나 한잔하려고 두리번거렸다. 다리도 아프고 코도 시큰시큰하고 손끝도 시렸다.

네온이 번쩍이는 낚시용품점 옆에 온통 샛노란 칠을 한 작고 귀여운 커피숍이 보였다. 보리가 문을 열자 따스한 훈김이 훅 밀려왔다. 커피를 홀짝이고 있자니 그만 녹작지근해졌고 이젠 돌아가고 싶은 마음뿐이었다. 커피숍을 나서는데, 때마침 낚시용품점에서도 사람들이 우르르 몰려나왔다. 방한 복장을 든든히 갖추어 입고 손에 네모난 아이스박스며 접이식 의자를 들고 있었는데, 하나같이 들떠 있었다. 그들은 길가에 세워두었던 차에 가서 물건들을 트렁크에 싣자, 그냥 갖고 타자 시끄럽게 굴더니 어느새 차에 올라타고 사라졌다. 송어축제에 가는 모양이었다.

그들이 떠난 자리에는 아이스박스 하나가 떨어져 있었다. 보리는 다가가서 아이스박스를 주워 들고 그들이 떠난 쪽을 바라보았다. 어쩌지. 그때 박스 안에서 뭔가가 몸부림치는 게 느껴졌다. 보리는 깜짝 놀라 아이스박스를 내려놓고 뚜껑을 열어보았다. 커다란 물고기 한 마리가 툭 튀어나왔다. 물고기는 아스팔트 위로 떨어졌고 온몸을 뒤틀어 팔딱거렸다. 보리

는 물고기를 잡아 아이스박스에 도로 넣으려고 했지만 잡을
수가 없었다. 물고기를 쫓아 허둥거리는 보리 옆으로 차가 한
대 섰다. 아까 그 차인가 싶어 돌아보니 호텔 자동차였다. 보리
는 다급하게 차창을 두드렸다.

"여기요, 여기! 송어 좀 잡아주세요!"

차에서 내린 남자가 성큼성큼 걸어가 아무렇지도 않게 송
어를 움켜쥐었다. 남자는 아이스박스를 단단히 봉한 다음 보
리에게 건네주었다. 호텔 차를 타고 있어 직원인가 했는데, 모
르는 남자였다. 보리는 어정쩡하게 인사하다가 남자와 눈이
마주쳤다. 남자는 보리를 아는 눈치였다. 직원은 아닌 것 같았
고, 그렇다면 투숙객일까. 투숙객들이야 오가며 스쳤을 테지
만, 투숙객을 군이 기억할 정도로 쳐다볼 리도 없고 남자는 또
투숙객 같지도 않았다. 정체가 뭘까. 곱슬거리는 머리는 어깨
에 닿을 만큼 길었고, 이 겨울에 목이 늘어진 티셔츠만 한 장
입고 있을 뿐이었다. 춥지도 않나, 이 사람은? 보리는 새삼 추
워져서 송어가 든 아이스박스를 끌어안았다.

남자는 말없이 운전석에 올랐고 보리도 조수석에 올라탔다.
보리는 자기 송어가 아니라는 말을 하지 못했다.

"호텔로 가실 겁니까?"

보리는 고개를 서너 번이나 끄덕거렸다. 무릎에 놓은 아이
스박스 안에서 송어가 기운차게 펄떡거렸다. 두 손과 가슴 언
저리, 허벅지 위에서 송어의 펄떡거림을 느끼며 아스팔트에서

팔딱거리던 송어를 떠올리자 유기된 송어를 끌어안고 있는 기분이었다. 그러자 갑작스럽게 애정이 느껴졌다. 유기된 강아지나 고양이, 사슴을 안고 있는 것 같았다. 이 물고기는 내 송어가 될 것이며, 나는 이곳에서 살게 되리라는 느낌이 확실해졌다. 남자는 차를 운전하는 동안 단 한 마디의 말도 하지 않았다. 보리는 낯선 남자와 좁은 공간 안에서 아무 말도 하지 않은 채 함께 있는 것이 불편했다. 송어 이야기라도 해야 하나, 당신은 누구냐고 물어야 하나 망설이는 사이 금방 호텔에 도착했다.

남자가 로비 앞에 차를 세우고 가만히 있었다. 보리는 멍하니 앉아 있다가 '아, 내리라는 건가보구나' 하며 허겁지겁 차에서 내렸다. 고맙다는 말을 미처 못 했다는 것을 깨닫고 자동차 뒤통수에 대고 허리를 숙여 인사했다. 그러고는 로비 문을 열며 문득 깨달았다.

'아차, 나 부사장이지. 나 이제부터 여기서 살 거지. 점잖게 굴자.'

구석에 마련된 커피 코너를 지나가다가 보리는 그제야 아까 그 남자가 태호와 함께 커피 코너에서 의자를 나르고 기계를 옮기던 것을 떠올렸다. 보리는 자기 방에서 짐을 싸고 있는 태호에게 송어를 보여주었다. 태호는 보리는 본 둥 만 둥 숭어만 반겼다.

"매운탕거리 잘 가져왔다. 저녁에 먹자."

"키울 거야."

"뭔 소리냐, 보리야. 엉뚱하기는. 내 친구가 매운탕 죽이게 끓인다, 개한테 갖다줘라."

"선배 친구? 아까 나 데리고 온 사람이 선배 친구야?"

"어, 성규? 성규 차 타고 왔냐? 아까 우체국 보냈는데, 어떻게 만나서 왔어?"

"길에서 차 얻어 탔어. 근데 그 사람, 선배 친구야? 여기 살아?"

"응. 아, 참 너한테 얘기했어야 하는데. 성규, 그 친구 여기 오래 묵고 있다. 잘 챙겨줘라."

"왜? 그 사람 언제까지 여기 있는 건데?"

"모르지. 있고 싶을 때까지 있을 거야. 그 친구 화가거든. 여기서 작업하고 있어. 전시할 만큼 모이면 여기 공연장에서 전시하기로 했어. 네가 전시회 좀 열어줘라."

"아, 화가. 그렇구나."

그러고 보니 성규의 소맷자락과 앞섶에 페인트 얼룩이 묻어 있었던 것도 기억났다.

'그게 물감이었던 거군. 그러니까 장기 투숙객인 거군.'

보리는 송어를 들고 방으로 갔다. 민물고기를 키우는 방법을 검색해보니 아뿔싸, 물고기가 살던 강물을 떠와야 한다고 했다. 아이스박스에 담긴 물은 물고기가 간신히 잠길 정도밖에 없었고, 무엇보다 적었다.

'이걸 어쩌지.'

웬일인지 모르겠는데, 성규가 생각났다. 성규라면 강물을 떠다줄 수 있을 것 같았다. 보리는 송어가 담긴 아이스박스를 들고 성규가 있다는 방을 찾아갔다. 태호가 있는 3층 맨 끝방이었다. 호텔에서 가장 외진 곳.

문을 열고 나온 성규에게 보리는 용기를 내 다짜고짜 말했다.

"송어를 키울 강물을 좀 떠다줄 수 있어요?"

박스를 들고 어정쩡하게 서 있는 보리를 보고 성규는 아무 말도 못 했다. 지금 이 여자가 뭘 원하는 것인지 파악하려고 애쓰는 듯했다.

"강, 물, 요?"

"네, 검색해보니 송어를 키우려면 강물을 퍼와야 한대요."

"강에다 놓아주라는 말은 없었어요?"

"제가 키우려고요."

"강물이 키우는 편이 더 좋을 거 같은데요."

"제가 키우려고요."

보리는 고집을 부렸다. 고집으로 말하자면 자신보다 더 고집 센 사람은 드문 편이어서 보리는 고집부리는 데 일가견이 있다고 자부했다. 성규는 별로 놀랄 일도 아니라는 듯 표정 변화 없이 지그시 보리를 바라보더니 알았다고, 방에 가 있으라고 했다. 보리는 고개 숙여 인사하고 방으로 돌아왔다.

저녁이 되어 식당에 가려는데, 노크소리가 들렸다. 달려가 문을 열었더니 성규가 파란 플라스틱 들통 두 개를 들고 들어왔다. 파란 들통 가득 강물이 철벅거렸다. 성규에게서 강물 비린내가 풍겼다. 성규는 들통을 내려놓고 아이스박스에 담긴 송어를 부었다.

"이것보다 큰 통이 없으니 당분간 여기서 살게 하죠."

송어가 좁은 들통 안에서 빙글빙글 돌았다. 깊이라도 깊어서 다행이었다. 보리는 배시시 웃었다.

"송어가 힘차게 헤엄치는데요."

성규는 손을 탁탁 털더니 그만 가겠다는 몸짓을 했다. 보리는 고맙다는 표시로 뭔가 대접하고 싶었으나 줄 것이 아무것도 없었다. 이럴 때 쿠키라도 몇 개 있으면 좋았겠지만 그저 멋쩍은 미소만 지으며 굽신굽신 허리를 숙였다.

'강이 다 얼었던데, 강물은 도대체 어디서, 어떻게 떠온 거지?'

전설의 숙성과정

　태호는 너만 믿는다며 보리를 암탉, 강아지, 사슴, 거위, 염소 등과 근엄한 매니저를 함께 남겨두고 멀리 뉴질랜드로 떠날 준비를 했다. 장기 투숙객 한 명과 휴가를 갔다 왔다는 젊은 남자 직원 한 명도 남겨둔 거라면 남겨둔 거였다. 보리는 태호를 배웅하며 문 앞에서 하염없이 손을 흔들었다.안태호가 떠나기 전에 암탉은 동물원에서 키우는 것으로 아퀴를 지었다. 작은 잡종견 쩡이는 보리가 그녀의 방에서 키우기로 했다.

　태호와의 이별을 앞둔 암탉의 검은 깃털이 푸른빛을 띠기 시작했다. 마치 암탉의 슬픔이 온몸으로 절절 흘러넘치는 듯했다. 암탉은 태호를 향해 모가지를 길게 빼고 눈을 휘둥그레 뜨며 호들갑스럽게 슬퍼했다. 암탉과 태호는 눈물을 흘리며 깊고 긴 포옹을 했다. 한 베개를 베고 자던 사이의 이별은 저렇게 애틋한 것일까. 둘의 포옹을 바라보며 보리는 선배가 급기야 슬픔을 누르지 못하고 저 뾰족한 부리에 뽀뽀하는 것은 아닐까 하고 조바심쳤다. 다행히 뽀뽀까지는 하지 않았고 태호는 아쉬운 듯 암탉을 보리에게 넘겼다.

보리는 암탉을 안고 태호에게 손을 흔들었다. 암탉이 부리로 보리의 앞가슴을 콕콕 찍었다. 두툼한 카디건을 입어서 아프지는 않았지만 기분은 나빴다.

"그래, 그래. 새집으로 보내줄게. 질투하지 마. 우리 아무 사이도 아니거덩."

보리는 닭을 안고 동물원으로 들어갔다. 울타리 안쪽에 동물들이 모두 모여 잠을 자는 우리가 있었다. 닭을 우리 안으로 넣어주려는데, 닭이 보리의 가슴을 발로 박차고 날아올랐다. 암탉이 수탉만큼 잘 날아오르는 모습을 보니 태호의 애정을 아낌없이 받았군 싶었다. 무분별한 사랑을 받으면 자기가 암탉인지, 수탉인지 모를 것 같기도 했다. 닭은 새집과 친구들이 좋은지 활개를 치고 돌아다녔다. 닭한테 관심을 보이는 동물은 토끼밖에 없었다. 토끼는 깡충깡충 뛰어 울타리 밖으로 달아났다. 뒤로 돌아 있던 염소는 닭 따위에게는 신경도 쓰지 않았고 우리 밖에 있던 거위는 저 멀리서 혼자 돌아다니고 있었다. 사슴들의 영혼인 듯한 실루엣의 하얀 사슴이 어디선가 홀연히 나타나 보리의 목덜미에 코를 가져다댔다. 보리는 축축하고 차가운 촉감과 쿰쿰한 냄새를 금세 감지했다. 그래서 슴이를 보자마자 두 빰에 미소가 지어지지 않았겠는가. 보리는 편애의 예감이 강하게 밀려오는 것을 느꼈다.

태호는 우격다짐으로 보리에게 호텔을 맡기고 떠나버렸다. 이제 호텔은 순전히 보리한테 달려 있었다. 보리는 태호가 떠난 거리를 망연자실, 우두커니 바라보았다.

눈이 얼추 녹은 거리에는 자동차들의 통행이 늘어났고 이따금씩 자전거도로를 달리는 사람도 눈에 띄었다. 씽씽 달리던 자동차들 중 몇 대가 급작스레 방향을 꺾어 호텔로 들어왔다. 보리는 찡이와 산책하려고 길을 건너 강가로 갔다. 가로수 아래에는 아직 눈이 남아 있었다. 찡이는 가로수를 만나자마자 다리를 하나 치켜들고 오줌을 갈겼다. 눈더미 위로 오줌발이 선명했다. 찡이가 제 오줌 냄새를 맡으며 가로수를 탐색하는 동안 보리는 마을로 이어진 길을 내려다보았다. 엊그제 눈을 치우고 길을 내던 여자아이가 웬 남자아이의 팔짱을 끼고 무슨 이야기를 나누는지 좋아 죽겠다는 웃음을 지으며 걸어왔다. 여자아이의 이름은 은이였다.

은이는 보리를 보자 대뜸 "부사장님" 하고 불렀다. 보리에게 부사장이라고 부르는 것을 보니 그새 소문이 다 퍼진 모양이었다. 산책을 계속하려는 찡이의 목줄을 잡아당기며 보리는 은이에게 다정한 미소를 지어주었다.

"부사장님, 이분이요, 호텔에 숙박해야 하는데 제가 안내해도 되죠?"

은이는 남자아이의 팔짱 낀 팔을 꼬옥 조였다. 남자는 그저 기분이 좋아 싱글벙글했다. 은이는 지금 보니 밝고 활달한 성격에 피부는 새하얗고, 두 뺨은 발그레하며, 몸매는 날씬하고, 키도 적당했다. 외모로 보면 마을에서 단연 톱클래스에 속할 만했다. 남자아이는 겉으로만 보면 은이에 한참 못 미쳤다. 체구도 작고 마른 편에 사흘 동안 피죽 한 그릇 못 먹은 것처럼 윤기가 없었다. 그런데도 눈은 빛났고 입가에는 묘한 자부심이 어려 있었다. 여자아이가 좋아해주는 것 때문일까? 오호라, 그의 등에는 자기만큼 큰 기타 케이스가 매달려 있었다. 그는 혹시 전국을 떠도는 기타리스트? 아직 자신의 가치를 알아주는 사람을 만나지 못한 고뇌하는 예술가? 저절로 굴러들어온 재즈 연주자라면 얼마나 좋을까. 어디 한번 보자고.

은이가 조잘조잘대며 물었다.

"부사장님, 거기 제일 싼 방 남아 있어요?"

'싼 방 있고 말고.'

"혹시 연주하시는 분인가요?"

남자가 역시 자부심이 묻어나는 어조로 힘주어 말했다.

"재즈 기타를 합니다."

그는 이것 보라는 듯 등에 멘 기타 케이스를 추켜올렸다.

'그럼 그렇지.'

보리는 남자아이의 어깨를 다독거리며 호텔로 들어갔다. 좋은 방법을 찾을 수 있을 거 같았다.

호텔 로비 한가운데는 작은 커피 테이블이 있었다. 이 남자 아이는 어쩌다가 이 남쪽 마을까지 오게 된 것일까. 남자아이가 커피를 한 모금 훌쩍 마시더니 "저는 류라고 합니다"라고 제법 반듯하게 인사했다. 보리가 "연주 얘기 좀 해주세요"라고 했더니 눈을 빛내며 바짝 다가앉았다.

"혹시 '앰뷸런스'라는 밴드 아세요?"

"앰뷸런스? 모르겠네요."

알 리가 있나, 앰뷸런스라니. 웃음이 새어나왔다. 몇 살이나 됐을까. 스물 두세 살?

"친구들과 '앰뷸런스'라는 재즈 밴드를 결성해서 활동했어요. 저는 퍼스트 기타리스트예요. 아, 한창 잘나갔죠. 홍대에서 일주일에 두 번은 연주했어요."

홍대라는 말에 은이는 더욱 황홀한 눈으로 남자아이를 바라보았다.

"보컬이 군대 가버리고, 새 보컬을 못 찾은데다 한 놈 두 놈 다들 군대 가는 바람에 밴드가 그만 해체되고 말았어요. 저는 부모님이 안 계셔서 면제받았고요. 저 혼자 남았어요. 홍대에서 어떻게든 다른 밴드에 들어가보려고 했지만, 헤헤, 자기들끼리 똘똘 뭉쳐 있어서 아무나 끼워주지를 않더라고요. 그래서 세상을 제패하지 못할 바에야 세상을 주유한다고, 세상 좀 돌아다녀보려고요. 낯선 세상을 만나 저를 갱신하다보면 제

음악도 깊어지겠지요."

류는 자기 신화에 빠져드는지 점점 목을 길게 세우고 시선
은 저 멀리 보내고 목소리마저 아련해져갔다. 보리는 저런 소
리를 늘어놓으며 허풍과 환상에 젖어 있던 미대 시절 오빠들
이 떠올랐다. 그쯤 해서 공연장에 가서 연주 좀 들려달라며 류
와 은이를 데리고 일어났다.

공연장은 안쪽에 스피커, 드럼, 건반, 앰프 등이 놓인 무대가
있었고 가운데에는 당구대가 두 대 놓여 있었다. 가장자리를
빙 둘러 테이블과 의자 등이 놓여 있는 상당히 넓은 공간이었
다. 당구대에서 두 명의 남자와 한 명의 여자 손님이 당구를 치
고 있었고 테이블에는 어린아이 둘이 음료수를 마시며 장난치
고 있었다. 류는 공연장 내부를 일별하고 무대로 가서 기타 케
이스를 열었다. 한참 코드를 연결하고 조율하더니 의자에 앉
아 기타를 연주하기 시작했다.

"〈스트레인저〉라는 곡이에요. 올 댓 재즈에서 연주된 곡이죠."

먼지 낀 유리창, 짙은 색 커튼이 쳐진 무대 양쪽, 노래방으
로 연결된 낡은 문, 어디서 주워온 테이블과 의자 사이로 잔잔
하면서도 세련된 재즈곡이 흘렀다. 먼지 낀 유리창으로 석양
이 비쳐들어 뉴욕의 어느 뒷골목 어두컴컴한 재즈바에 앉아
있는 듯한 느낌이 들었다. 보리는 낡은 의자에 몸을 깊숙이 묻
으며 음악이란 것이 이런 건가 했다. 듣는 귀가 없어서 잘은 모
르겠지만 기타 곡은 제법 훌륭했다. 블루지한 재즈여서 연주

에 익숙하지 않은 사람들에게도 거슬리지 않을 것 같았다.

한 곡이 끝나자 당구를 치던 사람들이 박수를 쳤다. 보리는 손님들에게 괜찮냐고 물었다. 손님들이 좋다고 엄지를 치켜들었다. 사시사철 블루지한 재즈가 흐른다면 어수선하고 조잡한 이 호텔도 어쩌면 영화 세트장 같을지도 모를 일이었다. 인테리어는 조금씩 손을 보면 되겠지. 만족스러워진 보리는 류에게 손짓했다. 파격적인 조건을 제시할 생각이었다.

"여기서 연주하면서 머물 생각 있어요? 객실비를 파격적으로 할인해줄 생각인데."

류는 거의 울 것처럼 좋아했다. 콧망울이 빨개지고 눈썹 머리가 높이 치솟더니 고개를 크게 끄덕였다. 연주는 점심식사 후 1시간, 저녁식사 후 2시간 동안 하기로 했다.

"여긴 작지만 문화의 도시라서 공연 기획도 많고요, 축제도 많아요. 연주하는 친구들을 더 불러올 수 있으면 좋겠지만 혼자라도 공연할 수 있을 거예요."

류가 은이의 손을 꼭 잡고 눈을 맞추었다.

"운명 같아요."

보리는 느닷없이 튀어나온 운명이라는 말에 터지는 웃음을 간신히 참았다. 스물 몇 살짜리 남자에게 운명이란 뭘까.

"길을 잃었어요. 키를 넘는 눈 속에서 헤맸죠. 그때 길이 나타났어요. 은이의 집으로 이어진 길이었어요. 춥고 배고파서 죽을 뻔했기 때문에 불이 켜진 집 문을 두드릴 수밖에 없었어

요. 낯선 저를 집 안으로 들이는 은이를 보고 내 심장이 〈스트
레인저〉를 연주하기 시작했어요. 이건, 운명이라는 생각이 들
었죠."

　운명까지는 아니어도 행운은 되었겠지. 젊지만 후줄근한 기
타리스트가 한밤중에 도착한 낯선 여행지에서 폭설에 갇히고
도 발가락 하나 얼지 않고 따뜻한 집에서 잠을 잘 수 있었고
애인까지 생겼으니. 은이는 류의 입에서 나온 운명이라는 말
에 교회 종이 울린 것처럼 완전히 혼이 나간 것 같았다. 운명은
류에게가 아니라 은이에게 찾아온 것이었다. 수 세기 전부터
이 마을을 이웃 마을과 달리 풍부한 연애담으로 문화적으로
융성하게 하여 경제적인 안정과 심리적 풍요를 부여했던 전설
의 힘이라고 할까. 훗날 울고불고 후회해보았자 전설을 삶아
먹을 수도 없고 말이지. 고스란히 본인이 감당해야겠지만 말
이다. 일단 연애의 시작만큼은 세상 모든 거센 운명도 그 앞에
서는 바람 앞의 촛불일 터.

　보리는 자신을 이곳으로 불러들인 것이 운명이 아니라 행
운이라는 것을 확신했다. 연애가 시작되는 것을 알고 시작하
는 커플과 연애가 시작된 줄도 모르는 커플, 잃어버린 연애와
함께 사는 사람이 모두 함께 연애를 일구어가는 작은 도시. 사
시사철 불철주야 연애가 생성되고 자라고 결실을 맺으며 오래
숙성되면 전설의 한 페이지에 기록되는 행운을 누리는 작은
도시. 전설을 만들고 숙성시키는 데 일조하는 호텔을 운영하

게 된 것을 행운이 아니라면 달리 무엇이라 말하리. 까짓 디자인 회사, 까짓 쿠키가게, 연애 전문 호텔에 비기랴. 보리는 희망찬 가슴으로 안내데스크에 앉았다. "이상한 나라의 호텔 부사장 김보리"라고 쓰인 명찰을 매만지며.

해설

호모 파베르들의 커뮤니타스

윤재민(문학평론가)

방현희의 『완벽한 치즈 만들기』는 무언가를 만드는 사람, 즉 호모 파베르(Homo Faber)에 관한 이야기입니다.

호모 파베르는 자신이 처한 환경 속에서 무언가를 만들어 자신의 의지나 목적으로 스스로를 재정의하는 인간 고유의 역량을 지칭하는 개념이라 할 수 있습니다. 인간은 자신이 처한 환경을 수단으로 유무형의 도구를 제작해왔습니다. 생존과 노동에 필수적인 간단한 도구부터 고차원의 예술 작품이나 최첨단 기계에 이르기까지. 우리는 스스로 헤아리거나 인식할 수 없을 정도로 많은 제작물에 둘러싸여 있습니다.

제작물은 단순한 도구나 수단에 그치지 않습니다. 베르그송이 어느 글에서 말했듯이 지금까지 인류가 만들어온 모든 유무형의 제작물은 단순한 수단이나 도구가 아닙니다. 인류는 스스로가 만든 도구를 통해 이전과 다른 새로운 존재로 거듭나 현재에 이르렀습니다. 바퀴를 발명함으로써 인류는 그저 걷는 존재에서 더 먼 거리를 방대한 물자를 싣고 움직이는 존재가 되었습니다. 증기기관(자동화 메커니즘) 발명 이후 인류는 자신의 노동과 여가(leisure)를 재정의해야 했습니다. 인류는 도구를 만듦으로써 자기 자신의 새로운 면모를 제작해왔다고 해도 과언이 아닙니다.

이번 방현희 소설의 모든 등장인물은 호모 파베르입니다. 무언가를 끊임없이 만드는 사람이라는 말이지요. 물론 그들이 제작하는 대상과 목적은 제각기 다릅니다. 그들은 각자가 추구하는 삶의 지평에서 제작하는 다양한 만듦새로 자기 존재를 내뿜습니다.

표제작인 「완벽한 치즈 만들기」의 서술자 '나'는 40년 동안 치즈 케이크를 만들어온 장인입니다. 치즈 케이크에 대한 그의 열정은 남다릅니다. 치즈의 원료인 염소젖을 직접 얻기 위해 염소를 기를 정도니까 말 다 한 것이지요. 이런 고집스러운 장인 정신 탓인지 '나'는 외롭습니다. 하나뿐인 아들은 자신이 만든 음악으로 세상을 깜짝 놀라게 하겠다는 포부를 갖고 오래전 집을 떠났습니다. 아들 또한 '나'와 같은 호모 파베르적 기질을 강하게 물려받은 것 같은데, 어쩐 일인지 '나'는 손에 잡히지 않는 가치를 좇는 아들을 이해하지 못합니다. 물론 마음 한편에선 계속 아들을 그리워하고 응원하지만 말이지요.

그가 새로 들인 AI 로봇 '치즈'에는 이런 그의 마음이 담겨 있습니다. '치즈'는 ABC전자가 만든 주문 제작 AI 안드로이드입니다. 고객의 필요에 맞추어 설정을 커스터마이징해 다양한 용도로 활용되는 공산품(ready-made)이지요. 치즈 생산부터 제빵까지 모든 공정을 혼자 도맡아 했던 '나'가 자신을 보조할 도우미로 AI 로봇을 들이게 된 것입니다. 자신의 뒤를 이을 후계자도 없고 점점 연로해지는 가운데 어쩔 수 없는 선택인 듯합니다.

'나'는 '치즈'에게 치즈 케이크 제작 노하우를 하나씩 '이식' 합니다. 그것은 단순한 기술 전수나 기계에 의한 분업 차원에 그치지 않습니다. 평생을 치즈 케이크 장인으로 산 '나'의 치즈 케이크 노하우에는 그의 인생이 담겨 있기 때문입니다. 물리적으로 이는 AI 알고리즘에 '나'의 치즈 케이크 제작 노하우를 데이터로 '입력'하는 기계 학습일 터입니다. 하지만 '나'로 인해 구현되는 '치즈'의 형태는 이를 초과합니다. 군말 없이 '나'의 입력을 그대로 수용하는 '치즈'의 모습은 점차 아들을 닮아갑니다. '나'는 '치즈'에게 가출한 아들의 옷을 입힙니다. 애초 자신이 기억하는 아들 또래의 남자 AI 형상을 원했던 것부터 예견되었던 것일지도 모릅니다. '나'는 자기도 모르게 자신이 기대했던 아들의 모습을 '치즈'에게 투영하고 있었던 것이 아니었을까요. 그것이 사실이라면 '나'에게 '완벽한 치즈 만들기' 는 단순히 자신을 보조할 AI 기계 제작 이상의 의미를 지닙니다. 그것은 아들에 대한 회한과 평생을 매진한 장인 정신이 뒤섞인, '나'의 인생 그 자체가 녹아들어간 분신 창조 행위나 다를 바 없습니다. '나'는 최첨단 알고리즘과 기계 신체를 통해 구현된 자기 인생을 제작해낸 21세기의 피그말리온입니다. 「완벽한 치즈 만들기」는 AI와 최첨단 테크놀로지의 미래 상상을 목가적인 피그말리온 우화에 녹여낸, 흥미로운 동시대 소설입니다.

모든 호모 파베르가 '나'와 같을 수는 없습니다. 구도자의 풍모를 풍기는 장인 정신으로 인생을 스스로의 힘으로 묵묵히 꾸려가는 건실한 피그말리온이 있는 한편, 그렇지 않은 사람도 있는 법이지요. 이런 부류가 '만드는' 대상은 집요하게 가까운 사람을 괴롭히기도 합니다. 「달팽이 요릿집에서 백 미터」의 '그 남자'처럼요.

그는 불행한 개인사에서 벗어나지 못한 채 괴로운 나날을 보내고 있습니다. 아버지와 형제에 대한 열등감과 유학생활의 목표(박사학위)를 마치지 못했다는 열패감에 빠져 있으니까요. 그는 좀체 거기에서 벗어나지 못한 채 세상의 주변부에서 기괴한 물건을 만들어냅니다. 야생의 민달팽이를 재료로 한 끔찍한 요리나 번역과 창작이 반쯤 뒤섞인 정체불명의 텍스트 같은 것들. 뒤틀린 자의식이 강력하게 녹아들어갔을 이런 제작물은 당연히 세상에서 외면당할 수밖에 없습니다. 대신에 '그'에게 연민을 품고 다가온 '나'에게 이 끔찍한 제작물들이 강요됩니다. '나'가 그의 곁을 떠나는 것은 인지상정이지요.

그가 만들어 세상에 내보인 제작물은 하나같이 그저 인정받고자 하는 자의식과 욕망만이 넘실댈 뿐 타자에 대한 배려가 없습니다. 호모 파베르로서 그의 제작 역량이 세상과의 관계 맺기에 끊임없이 실패하는 이유입니다. 호모 파베르가 발딛고 선 세계는 적자생존의 정글이 아닙니다. 나와 동등한 수많은 타자와 공존해야 하는 사회적 공동체입니다. 그 안에서 더불어 살기 위해서는 자기 자신뿐 아니라 주변의 타인을 위한 만듦을 고려해야 합니다. 호모 파베르로서 '그'에게 한참 부족한 능력이지요. 온통 자의식으로 가득찬 제작 행위는 제아무리 위대한 미사여구를 갖다붙여도 적어도 동시대에 받아들여지기 어려운 것이 당연합니다. '그'는 이를 하루빨리 깨달아야 합니다. 그렇지 못하면 영원히 이 세상에서 겉돌며 살아갈 수밖에 없습니다. 무엇보다 '나'와 같은 선의를 지닌 피해자가 더이상 있어서는 안 되기 때문이기도 하고요.

호모 파베르라고 해서 일부러 꼭 그렇게 대단한 것을 만들어야 한다는 야망을 품을 필요는 없습니다. 그저 주변 사람들에게 곁을 내주는 것만으로도 충분하다 하겠습니다. 「로맨스 연구」 연작의 횟집 골목 주민들처럼요. 수산물 계열 음식점이 모여 있던 구역에 외지인 보리가 돌연 쿠키가게를 엽니다. 알 수 없는 곳에서 갑자기 찾아와 맥락 없이 터를 잡은 이 뜬금없는 여성은 주민 성규와의 스캔들로 이 작은 공동체에 잔잔

한 파문을 일으킵니다. 횟집 골목의 터줏대감들은 보리의 행보 하나하나에 설왕설래하며 때때로 달갑지 않은 시선으로 보리를 화제에 올립니다. 일견 날카롭고 예민한 시선으로 보리를 타자화하는 듯도 하지만 그 과정은 사실 보리를 마을의 일원으로 받아들이는 절차입니다. 보리의 쿠키가게에 횟집 골목 주민들이 모여 벌이는 작은 마을잔치로 마무리되는 대목은 훈훈합니다.

요식업이란 무언가를 '만들어' 타인과 관계하는 삶의 양태입니다. 음식을 매개로 한 환대는 가장 원초적인 호모 파베르의 공동체적 역량입니다. 음식 공유를 위한 식탁으로 타인을 초대하는 행위는 그 자체로 그를 자신과 동등한 식구(食口)적 존재로 인정함으로써만 가능합니다. 자신과 타인을 철저하게 평등한 관계에 놓는 커뮤니타스적 행위인 것입니다.

「로맨스 연구」연작의 보리는 소박하지만 단단한 커뮤니타스적 순간을 만끽하며 세상의 주변부를 배회합니다. 횟집 거리를 훌쩍 떠나 "연애가 시작되는 것을 알고 시작하는 커플과 연애가 시작된 줄도 모르는 커플, 잃어버린 연애와 함께 사는 사람이 모두 함께 연애를 일구어가는 작은 도시"의 오래된 호텔에 '정착'하는 그녀의 여정은 타인을 환대하는 이 시대의 작은 호모 파베르 공동체에 의지해 이루어집니다.

방현희라는 호모 파베르는 화려하지 않을지는 몰라도 각자의 자리에서 분투하며 살아가는 호모 파베르들을 이렇듯 따뜻한 시선을 담아 제작해내는 데 성공합니다. AI가 본격적으로 상용화될 근미래에도 인간은 그저 일생 동안 스스로를 만들어 가야 할 것입니다. 모든 것을 자신을 위한 수단으로 삼는 호모 파베르는 도태될 수밖에 없습니다. 그러므로 우리는 자신을 위한 제작에서 항상 타인을 상정해야 합니다. 때때로 우리 또한 누군가가 마련한 최소한의 장소에 의지하며 어려운 상황을 견뎌야 할 수도 있습니다. 방현희의 이번 소설은 호모 파베르들의 커뮤니타스의 찬가이자 이들에 주목하라는 잠언입니다.

작가의 말

AI에 관한 소설을 쓰자고 생각했다. 최근의 AI뿐 아니라 이전의 사이보그에 관한 소설들과 영화들을 보면 인간이 기계 인간에 대해 갖는 '기대와 공포'가 주요 소재였다. 나는 그렇게 먼 훗날 벌어질 사건에는 관심이 없다. 당장 가장 먼저 우리 곁에 올, 또는 필요로 할 AI라면 어떤 형태일까 하는 것이 내 관심사다. 미래에 가장 먼저 없어질 직업을 선정했다는 기사에는 번역가가 첫번째요, 소설가도 마찬가지 신세라 했다. 그렇다면 우리 현실에서 가장 필요로 할 AI는 어떤 역할을 할 AI가될까. 윤이형이 『대니』에서 그 단초를 보여주었다. 아이 돌보미로 최적화된 존재에 대한 이야기다.

"최적화란 무엇일까." 그런 질문을 하게 한다.

소설은, 항상 말하는 것이지만, 질문하게 하는 것이다. 어떤 역할에 최적화된 존재를 만들었을 때 그 존재가 기대했던 것을 잘 이행하기를 바랄 뿐일 텐데, 당연하게도 AI란 존재는 자기 진화를 하는 기계다. 기대와 예기치 못했던 능력의 발현, 그것으로 인한 인간의 무력함을 깨닫는 것. 이것이 대부분의 AI에 관한 이야기라면 나는 다른 이야기를 하겠다고 생각했다.

사람들은 왜 인간을 닮은 새로운 존재를 만들고자 하는가.

하느님이 하느님을 닮은 인간을 빚었다고 한다. 인간은 하느님을 닮아 생각하고 의심하고 사유하는 존재가 되었으나 전능하지 않다. 인간은 성스러운 흙을 얻어 인간을 닮은 골렘을 빚었다. 그러나 골렘은 말을 할 줄 모른다. 말을 할 줄 모른다는 것은 자기 존재를 사유할 수 없다는 의미다. 그래서 골렘은 인간이 '시키는 것'을 할 수 있을 뿐이며 인간의 행동을 따라 할 뿐이다. 골렘을 소재로 생각하지 않는 인간, 자아를 확장하지 못하는 존재에 대해 알레고리 소설을 썼다.

인간은 더 나은 존재를 만들고 싶어한다. 그래서 본능에 따른 유전자를 물려주는 것만으로는 만족하지 못하고 지적 작업을 통해 인간을 닮은 존재를 창조하는 이야기를 창작해왔다. 동물에게도 인성을 부여해 감정을 이입하고, 심지어 인형에게도 이름을 붙이고 동일시하는 과정을 거치며 자라온 나만 돌이켜보아도 본능인 것 같다.

인간이 빚은 존재들에는 프랑켄슈타인이 있고 수많은 로봇과 사이보그, 휴머노이드, 안드로이드 등의 존재가 쏟아져나왔다. 심지어 죽은 인간인 좀비도 있다.

　이들은 인간이 어떤 방향의 기대를 갖고 만들었으나 과정의 결함 때문에, 또는 과잉 때문에 예기치 못한 존재로 방향을 틀면서 인류에게 무력감을 안기는 역할을 맡아왔다. 기계에 불과한 존재들에게 물성 이상의 인간성을 부여하고 거기에 더해 스스로 사유하기를 바라기도 한다.

　그래서 스스로 진화한다는 AI까지 만들었다. 인간은 자신이 창조한 피조물을 바라보며 그 결함, 또는 과잉으로 인한 사건들을 당연하게도 맞닥뜨리고, 피조물이 저질러놓은 사고를 보고도 어찌할 수 없는 무력감을 확인하고, 피조물 스스로 깨닫고 교정하기를 기대하기까지 한다. 인간은 바보인가.

　어니스트 베커의 『죽음의 부정』에 따르면 인간이 불행한 것은 태어나면서부터 자신이 거침없는 팽창 욕구를 지닌 존재이자 몸이라는 물성의 한계가 뚜렷한 존재임을 깨닫기 때문이라고 한다. 여기서는 '오이디푸스 기획'이라는 개념이 나오는데, 이는 '자신의 의미를 창조하고 지탱함으로써 인간으로서 완성하고자 하는' 것이라고 한다. 인간은 작은 존재로 살아가기에는 너무 불안해 지적 작업을 통해 자아를 확장해가거나 신의 존재를 통해 자신의 경계를 확장하고자 한다. 그리고 어떤 사람들은 자신의 속성을 지닌 새로운 인간을 만들고자 한다. 거대한 불안을 잠재우기 위해 나는 또하나의 나를 빚으려고 하는 것일 텐데, 그렇게 끊임없이 팽창하고자 하지만 쉽게 무너져버리기도 한다.

『프랑켄슈타인』을 다시 읽는다. 아름다운 외모로만 만들어 놓은 인간이 괴물로 태어난다. 이 괴물은 이름을 갖지 못해 괴물로 불리고 괴물은 이름이 없다는 사실에 슬퍼한다. 정체를 부여받지 못해 자신이 어떤 인물이 되어야 하는지 알 수 없기 때문이다. 프랑켄슈타인은 자신이 낳은 괴물에게 애틋한 부정을 느끼지만 죽이지도, 살리지도 못한다. 도망칠 뿐이다.

후손을 낳고 기른다는 것은 개인의 일이자 인류의 일이고, 지적 작업의 결과로 빚은 인조인간을 키워가는 과정 역시 개인의 일이자 인류의 일이다. 나는 내가 빚은 인간을 키우며 더욱 두려움에 휩싸인다. 어린아이를 키운다는 것. 그것은 내 공포를 매일 확인하는 것이었고, 어느 날 내 공포가 그대로 반영된 존재를 속수무책으로 바라보아야 하는 날을 맞이하는 것이었다.

후손을 낳고 기르면서 혹은 창조하면서 작은 자신을 뛰어넘는 존재가 되기를 소망한다. 어쩌면 나에게서 나왔지만 나와 달리 죽음을 두려워하지 않는 전혀 새로운 존재를 탄생시키기를 원하는 것인지도 모르겠다. 그 결과가 어떨지는 그 누구도 알지 못한다. 단지 나는 어떤가 하고 질문할 수 있을 뿐이다.

과잉 감각에 대한 '타다' 연작 세 편, 골렘을 소재로 한 '지다' 연작 세 편을 썼고 이제 '나다' 연작을 쓰려고 한다. 태어

나는 불완전한 존재와 그를 바라보는 불완전한 존재에 대해
쓴 첫 소설이다.

2024년

방현희

방현희

2001년 〈동서문학〉에 단편 「새홀리기」로 신인문학상을 수상하면서 작품활동을 시작했으며, 2002년 『달항아리 속 금동물고기』로 제1회 〈문학·판〉 장편소설상을 받았다. 소설집 『바빌론 특급우편』『로스트 인 서울』『붉은 이마 여자』(공저) 『타오르다』, 장편소설 『달항아리 속 금동물고기』『달을 쫓는 스파이』『네 가지 비밀과 한 가지 거짓말』『세상에서 가장 사소한 복수』『코인』과 부산국제영화제 북투필름에 선정된 『불운과 친해지는 법』 등이 있다. 청소년소설 『너와 나의 삼선슬리퍼』, 산문집 심리치유 우화집 『아침에 읽는 토스트』『오늘의 슬픔을 가볍게, 나는 춤추러 간다』『우리 모두의 남편』 등이 있다. 2019년 『함부로 사랑을 말하지 않았다』로 전숙희문학상을 수상했다.

완벽한 치즈 만들기

초판 1쇄 인쇄 2024년 12월 13일
초판 1쇄 발행 2024년 12월 23일

지은이 방현희

편집 박민영 정소리 | 디자인 윤종윤 이주영
마케팅 김선진 김다정 | 저작권 박지영 형소진 최은진 오서영
브랜딩 함유지 함근아 박민재 김희숙 이송이 박다솔 조다현 배진성 이서진 김하연
제작 강신은 김동욱 이순호 | 제작처 영신사

펴낸곳 (주)교유당 | 펴낸이 신정민
출판등록 2019년 5월 24일 제406-2019-000052호

주소 10881 경기도 파주시 회동길 210
문의전화 031.955.8891(마케팅), 031.955.2692(편집), 031.955.8855(팩스)
전자우편 gyoyudang@munhak.com

인스타그램 @gyoyu_books | 트위터 @gyoyu_books | 페이스북 @gyoyubooks

ISBN 979-11-94523-02-4 03810

이 책은 경기도, 경기문화재단의 지원을 받아 발간되었습니다.